FISCHER BIBLIOTHEK

Thomas Mann

DER KLEINE HERR FRIEDEMANN
DER WILLE ZUM GLÜCK
TRISTAN

Mit einem Nachwort
von Reinhard Baumgart

S. Fischer Verlag

Umschlagentwurf: Hannes Jähn
Satz und Druck: Georg Wagner, Nördlingen
Einband: G. Lachenmaier, Reutlingen
Printed in Germany 1977
ISBN 3 10 048188 7

DER KLEINE HERR FRIEDEMANN

I

Die Amme hatte die Schuld. – Was half es, daß, als der erste Verdacht entstand, Frau Konsul Friedemann ihr ernstlich zuredete, solches Laster zu unterdrücken? Was half es, daß sie ihr außer dem nahrhaften Bier ein Glas Rotwein täglich verabreichte? Es stellte sich plötzlich heraus, daß dieses Mädchen sich herbeiließ, auch noch den Spiritus zu trinken, der für den Kochapparat verwendet werden sollte, und ehe Ersatz für sie eingetroffen war, ehe man sie hatte fortschicken können, war das Unglück geschehen. Als die Mutter und ihre drei halbwüchsigen Töchter eines Tages von einem Ausgange zurückkehrten, lag der kleine, etwa einen Monat alte Johannes, vom Wickeltische gestürzt, mit einem entsetzlich leisen Wimmern am Boden, während die Amme stumpfsinnig daneben stand.
Der Arzt, der mit einer behutsamen Festigkeit die Glieder des gekrümmten und zuckenden kleinen Wesens prüfte, machte ein sehr, sehr ernstes Gesicht, die drei Töchter standen schluchzend in einem Winkel, und Frau Friedemann in ihrer Herzensangst betete laut.
Die arme Frau hatte es noch vor der Geburt des

Kindes erleben müssen, daß ihr Gatte, der niederländische Konsul, von einer ebenso plötzlichen wie heftigen Krankheit dahingerafft wurde, und sie war noch zu gebrochen, um überhaupt der Hoffnung fähig zu sein, der kleine Johannes möchte ihr erhalten bleiben. Allein nach zwei Tagen erklärte ihr der Arzt mit einem ermutigenden Händedruck, eine unmittelbare Gefahr sei schlechterdings nicht mehr vorhanden, die leichte Gehirnaffektion, vor allem, sei gänzlich behoben, was man schon an dem Blicke sehen könne, der durchaus nicht mehr den stieren Ausdruck zeige wie anfangs ... Freilich müsse man abwarten, wie im übrigen sich die Sache entwickeln werde – und das Beste hoffen, wie gesagt, das Beste hoffen ...

II

Das graue Giebelhaus, in dem Johannes Friedemann aufwuchs, lag am nördlichen Tore der alten, kaum mittelgroßen Handelsstadt. Durch die Haustür betrat man eine geräumige, mit Steinfliesen versehene Diele, von der eine Treppe mit weißgemaltem Holzgeländer in die Etagen hinaufführte. Die Tapeten des Wohnzimmers im ersten Stock zeigten verblichene Landschaften, und um den schweren Mahagonitisch mit der dunkelroten Plüschdecke standen steiflehnige Möbel.

Hier saß er oft in seiner Kindheit am Fenster, vor dem stets schöne Blumen prangten, auf einem kleinen Schemel zu den Füßen seiner Mutter und lauschte etwa, während er ihren glatten, grauen Scheitel und ihr gutes, sanftmütiges Gesicht betrachtete und den leisen Duft atmete, der immer von ihr ausging, auf eine wundervolle Geschichte. Oder er ließ sich vielleicht das Bild des Vaters zeigen, eines freundlichen Herrn mit grauem Bakkenbart. Er befand sich im Himmel, sagte die Mutter, und erwartete dort sie alle.

Hinter dem Hause war ein kleiner Garten, in dem man während des Sommers einen guten Teil des Tages zuzubringen pflegte, trotz des süßlichen Dunstes, der von einer nahen Zuckerbrennerei fast immer herüberwehte. Ein alter, knorriger Walnußbaum stand dort, und in seinem Schatten saß der kleine Johannes oft auf einem niedrigen Holzsessel und knackte Nüsse, während Frau Friedemann und die drei nun schon erwachsenen Schwestern in einem Zelt aus grauem Segeltuch beisammen waren. Der Blick der Mutter aber hob sich oft von ihrer Handarbeit, um mit wehmütiger Freundlichkeit zu dem Kinde hinüberzugleiten.

Er war nicht schön, der kleine Johannes, und wie er so mit seiner spitzen und hohen Brust, seinem weit ausladenden Rücken und seinen viel zu langen, mageren Armen auf dem Schemel hockte und mit einem behenden Eifer seine Nüsse knackte, bot er einen höchst seltsamen Anblick. Seine Hände und Füße aber waren zartgeformt und schmal, und er hatte große, rehbraune Augen, einen weichgeschnittenen Mund und feines, lichtbraunes Haar. Obgleich sein Gesicht so jämmerlich zwischen den Schultern saß, war es doch beinahe schön zu nennen.

III

Als er sieben Jahre alt war, ward er zur Schule geschickt, und nun vergingen die Jahre einförmig und schnell. Täglich wanderte er, mit der komisch wichtigen Gangart, die Verwachsenen manchmal eigen ist, zwischen den Giebelhäusern und Läden hindurch nach dem alten Schulhaus mit den gotischen Gewölben; und wenn er daheim seine Arbeit getan hatte, las er vielleicht in seinen Büchern mit den schönen, bunten Titelbildern oder beschäftigte sich im Garten, während die Schwestern der kränkelnden Mutter den Hausstand führten. Auch besuchten sie Gesellschaften, denn Friedemanns gehörten zu den ersten Kreisen der Stadt; aber geheiratet hatten sie leider noch nicht, denn ihr Vermögen war nicht eben groß, und sie waren ziemlich häßlich.

Johannes erhielt wohl ebenfalls von seinen Altersgenossen hie und da eine Einladung, aber er hatte nicht viel Freude an dem Verkehr mit ihnen. Er vermochte an ihren Spielen nicht teilzunehmen, und da sie ihm gegenüber eine befangene Zurückhaltung immer bewahrten, so konnte es zu einer Kameradschaft nicht kommen.

Es kam die Zeit, wo er sie auf dem Schulhofe oft von gewissen Erlebnissen sprechen hörte; aufmerksam und mit großen Augen lauschte er, wie sie von ihren Schwärmereien für dies oder jenes kleine Mädchen redeten, und schwieg dazu. Diese Dinge, sagte er sich, von denen die anderen ersichtlich ganz erfüllt waren, gehörten zu denen, für die er sich nicht eignete, wie Turnen und Ballwerfen. Das machte manchmal ein wenig traurig; am Ende aber war er von jeher daran gewöhnt, für sich zu stehen und die Interessen der anderen nicht zu teilen.

Dennoch geschah es, daß er – sechzehn Jahre zählte er damals – zu einem gleichalterigen Mädchen eine plötzliche Neigung faßte. Sie war die Schwester eines seiner Klassengenossen, ein blondes, ausgelassen fröhliches Geschöpf, und bei ihrem Bruder lernte er sie kennen. Er empfand eine seltsame Beklommenheit in ihrer Nähe, und die befangene und künstlich freundliche Art, mit der auch sie ihn behandelte, erfüllte ihn mit tiefer Traurigkeit.

Als er eines Sommernachmittags einsam vor der Stadt auf dem Walle spazierenging, vernahm er hinter einem Jasminstrauch ein Flüstern und lauschte vorsichtig zwischen den Zweigen hindurch. Auf der Bank, die dort stand, saß jenes Mädchen neben einem langen, rotköpfigen Jungen, den er sehr wohl kannte; er hatte den Arm um sie gelegt und drückte einen Kuß auf ihre Lippen, den sie kichernd erwiderte. Als Johannes Friedemann dies gesehen hatte, machte er kehrt und ging leise von dannen.

Sein Kopf saß tiefer als je zwischen den Schultern, seine Hände zitterten, und ein scharfer, drängender Schmerz stieg ihm aus der Brust in den Hals hinauf. Aber er würgte ihn hinunter und richtete sich entschlossen auf, so gut er das vermochte. ›Gut‹, sagte er zu sich, ›das ist zu Ende. Ich will mich niemals wieder um dies alles bekümmern. Den anderen gewährt es Glück und Freude, mir aber vermag es immer nur Gram und Leid zu bringen. Ich bin fertig damit. Es ist für mich abgetan. Nie wieder. –‹

Der Entschluß tat ihm wohl. Er verzichtete, verzichtete auf immer. Er ging nach Hause und nahm ein Buch zur Hand oder spielte Violine, was er trotz seiner verwachsenen Brust erlernt hatte.

IV

Mit siebenzehn Jahren verließ er die Schule, um Kaufmann zu werden, wie in seinen Kreisen alle Welt es war, und trat in das große Holzgeschäft des

Herrn Schlievogt, unten am Fluß, als Lehrling ein. Man behandelte ihn mit Nachsicht, er seinerseits war freundlich und entgegenkommend, und friedlich und geregelt verging die Zeit. In seinem einundzwanzigsten Lebensjahre aber starb nach langem Leiden seine Mutter.

Das war ein großer Schmerz für Johannes Friedemann, den er sich lange bewahrte. Er genoß ihn, diesen Schmerz, er gab sich ihm hin, wie man sich einem großen Glücke hingibt, er pflegte ihn mit tausend Kindheitserinnerungen und beutete ihn aus als sein erstes starkes Erlebnis.

Ist nicht das Leben an sich etwas Gutes, gleichviel, ob es sich nun so für uns gestaltet, daß man es ›glücklich‹ nennt? Johannes Friedemann fühlte das, und der liebte das Leben. Niemand versteht, mit welcher innigen Sorgfalt er, der auf das größte Glück, das es uns zu bieten vermag, Verzicht geleistet hatte, die Freuden, die ihm zugänglich waren, zu genießen wußte. Ein Spaziergang zur Frühlingszeit draußen in den Anlagen vor der Stadt, der Duft einer Blume, der Gesang eines Vogels – konnte man für solche Dinge nicht dankbar sein?

Und daß zur Genußfähigkeit Bildung gehört, ja, daß Bildung immer nur gleich Genußfähigkeit ist, – auch das verstand er: und er bildete sich. Er liebte die Musik und besuchte alle Konzerte, die etwa in der Stadt veranstaltet wurden. Er selbst spielte allmählich, obgleich er sich ungemein merkwürdig dabei ausnahm, die Geige nicht übel und freute sich an jedem schönen und weichen Ton, der ihm gelang. Auch hatte er sich durch viele Lektüre mit der Zeit einen literarischen Geschmack angeeignet, den er wohl in der Stadt mit niemandem teilte. Er war unterrichtet über die neueren Erscheinungen des In- und Auslandes, er wußte den rhythmischen Reiz eines Gedichtes auszukosten, die intime Stimmung einer fein geschriebenen Novelle auf sich wirken zu lassen . . . oh! man konnte beinahe sagen, daß er ein Epikureer war.

Er lernte begreifen, daß alles genießenswert und daß es beinahe töricht ist, zwischen glücklichen und unglücklichen Erlebnissen zu unterscheiden. Er nahm alle seine Empfindungen und Stimmungen bereitwilligst auf und pflegte sie, die trüben so gut wie die heiteren: auch die unerfüllten Wünsche, – die *Sehnsucht.* Er liebte sie um ihrer selbst willen und sagte sich, daß mit der Erfüllung das Beste vorbei sein würde. Ist das süße, schmerzliche, vage Sehnen und Hoffen stiller Frühlingsabende nicht genußreicher als alle Erfüllungen, die der Sommer zu bringen vermöchte? – Ja, er war ein Epikureer, der kleine Herr Friedemann!

Das wußten die Leute wohl nicht, die ihn auf der Straße mit jener mitleidig freundlichen Art begrüßten, an die er von jeher gewöhnt war. Sie wußten nicht, daß dieser unglückliche Krüppel, der da mit seiner putzigen Wichtigkeit in hellem Überzieher und blankem Zylinder – er war seltsamerweise ein wenig eitel – durch die Straßen marschierte, das Leben zärtlich liebte, das ihm sanft dahinfloß, ohne große Affekte, aber erfüllt von einem stillen und zarten Glück, das er sich zu schaffen wußte.

V

Die Hauptneigung aber des Herrn Friedemann, seine eigentliche Leidenschaft, war das Theater. Er besaß ein ungemein starkes dramatisches Empfinden, und bei einer wuchtigen Bühnenwirkung, der Katastrophe eines Trauerspiels, konnte sein ganzer kleiner Körper ins Zittern geraten. Er hatte auf dem ersten Range des Stadttheaters seinen bestimmten Platz, den er mit Regelmäßigkeit besuchte, und hin und wieder begleiteten ihn seine drei Schwestern dorthin. Sie führten seit dem Tode der Mutter sich und ihrem Bruder allein die Wirtschaft in dem alten Hause, in dessen Besitz sie sich mit ihm teilten.
Verheiratet waren sie leider noch immer nicht; aber sie waren längst in einem Alter, in dem man sich bescheidet, denn Friederike, die älteste, hatte siebzehn Jahre vor Herrn Friedemann voraus. Sie und ihre Schwester Henriette waren ein wenig zu lang und dünn, während Pfiffi, die jüngste, allzu klein und beleibt erschien. Letztere übrigens hatte eine drollige Art, sich bei jedem Worte zu schütteln und

Feuchtigkeit dabei in die Mundwinkel zu bekommen.

Der kleine Herr Friedemann kümmerte sich nicht viel um die drei Mädchen: sie aber hielten treu zusammen und waren stets einer Meinung. Besonders wenn eine Verlobung in ihrer Bekanntschaft sich ereignete, betonten sie einstimmig, daß dies ja *sehr* erfreulich sei.

Ihr Bruder fuhr fort, bei ihnen zu wohnen, auch als er die Holzhandlung des Herrn Schlievogt verließ und sich selbständig machte, indem er irgendein kleines Geschäft übernahm, eine Agentur oder dergleichen, was nicht allzuviel Arbeit in Anspruch nahm. Er hatte ein paar Parterreräumlichkeiten des Hauses inne, damit er nur zu den Mahlzeiten die Treppe hinaufzusteigen brauchte, denn hin und wieder litt er ein wenig an Asthma. –

An seinem dreißigsten Geburtstage, einem hellen und warmen Junitage, saß er nach dem Mittagessen in dem grauen Gartenzelt mit einer neuen Nackenrolle, die Henriette ihm gearbeitet hatte, einer guten Zigarre im Munde und einem guten Buche in der Hand. Dann und wann hielt er das letztere beiseite, horchte auf das vergnügte Zwitschern von Sperlingen, die in dem alten Nußbaum saßen, und blickte auf den sauberen Kiesweg, der zum Hause führte, und auf den Rasenplatz mit den bunten Beeten.

Der kleine Herr Friedemann trug keinen Bart, und

sein Gesicht hatte sich fast gar nicht verändert; nur daß die Züge ein wenig schärfer geworden waren. Sein feines, lichtbraunes Haar trug er seitwärts glatt gescheitelt.

Als er einmal das Buch ganz auf die Knie herabsinken ließ und hinauf in den blauen, sonnigen Himmel blinzelte, sagte er zu sich: ›Das wären nun dreißig Jahre. Nun kommen vielleicht noch zehn oder auch noch zwanzig, Gott weiß es. Sie werden still und geräuschlos daherkommen und vorüberziehen wie die verflossenen, und ich erwarte sie mit Seelenfrieden.‹

VI

Im Juli desselben Jahres ereignete sich jener Wechsel in der Bezirkskommandantur, der alle Welt in Erregung versetzte. Der beleibte, joviale Herr, der lange Jahre hindurch diesen Posten innegehabt hatte, war in den gesellschaftlichen Kreisen sehr beliebt gewesen, und man sah ihn ungern scheiden. Gott weiß, infolge welches Umstandes nun ausgemacht Herr von Rinnlingen aus der Hauptstadt hierher gelangte.

Der Tausch schien übrigens nicht übel zu sein, denn der neue Oberstleutnant, der verheiratet, aber kinderlos war, mietete in der südlichen Vorstadt eine sehr geräumige Villa, woraus man schloß, daß er ein Haus zu machen gedachte. Jedenfalls wurde das Gerücht, er sei ganz außerordentlich vermögend, auch dadurch bestätigt, daß er vier Dienstboten, fünf Reit- und Wagenpferde, einen Landauer und einen leichten Jagdwagen mit sich brachte.

Die Herrschaften begannen bald nach ihrer Ankunft bei den angesehenen Familien Besuche zu machen, und ihr Name war in aller Munde; das Hauptinteresse aber nahm schlechterdings nicht Herr von Rinnlingen selbst in Anspruch, sondern seine Gattin. Die Herren waren verblüfft und hatten vorderhand noch kein Urteil; die Damen aber waren geradeheraus nicht einverstanden mit dem Sein und Wesen Gerda's von Rinnlingen.

»Daß man die hauptstädtische Luft verspürt«, äußerte sich Frau Rechtsanwalt Hagenström gesprächsweise gegen Henriette Friedemann, »nun, das ist natürlich. Sie raucht, sie reitet, – einverstanden! Aber ihr Benehmen ist nicht nur frei, es ist burschikos, und auch das ist noch nicht das rechte Wort . . . Sehen Sie, sie ist durchaus nicht häßlich, man könnte sie sogar hübsch finden: und dennoch entbehrt sie jedes weiblichen Reizes, und ihrem Blick, ihrem Lachen, ihren Bewegungen fehlt alles, was Männer lieben. Sie ist nicht kokett, und ich bin, Gott weiß es, die letzte, die das nicht lobenswert fände; aber darf eine so junge Frau – sie ist vierundzwanzig Jahre alt – die natürliche anmutige Anziehungskraft . . . vollkommen vermissen lassen? Liebste, ich bin nicht zungenfertig, aber ich weiß, was ich meine. Unsere Herren sind jetzt noch wie vor den Kopf geschlagen: Sie werden sehen, daß sie sich nach ein paar Wochen gänzlich degoutiert von ihr abwenden.«

»Nun«, sagte Fräulein Friedemann, »sie ist ja vortrefflich versorgt.«

»Ja, ihr Mann!« rief Frau Hagenström. »Wie behandelt sie ihn? Sie sollten es sehen! Sie werden es sehen! Ich bin die erste, die darauf besteht, daß eine verheiratete Frau gegen das andere Geschlecht bis zu einem gewissen Grade abweisend zu sein hat. Wie aber benimmt sie sich gegen ihren eigenen Mann? Sie hat eine Art, ihn eiskalt anzusehen und mit einer mitleidigen Betonung ›Lieber Freund‹ zu ihm zu sagen, die mich empört! Denn man muß *ihn* dabei sehen – korrekt, stramm, ritterlich, ein prächtig konservierter Vierziger, ein glänzender Offizier! Vier Jahre sind sie verheiratet . . . Liebste . . .«

VII

Der Ort, an dem es dem kleinen Herrn Friedemann zum ersten Male vergönnt war, Frau von Rinnlingen zu erblicken, war die Hauptstraße, an der fast ausschließlich Geschäftshäuser lagen, und diese Begegnung ereignete sich um die Mittagszeit, als er

soeben von der Börse kam, wo er ein Wörtchen mitgeredet hatte.
Er spazierte, winzig und wichtig, neben dem Großkaufmann Stephens, einem ungewöhnlich großen und vierschrötigen Herrn mit rundgeschnittenem Backenbart und furchtbar dicken Augenbrauen. Beide trugen Zylinder und hatten wegen der großen Wärme die Überzieher geöffnet. Sie sprachen über Politik, wobei sie taktmäßig ihre Spazierstöcke auf das Trottoir stießen; als sie aber etwa bis zur Mitte der Straße gekommen waren, sagte plötzlich der Großkaufmann Stephens:
»Der Teufel hole mich, wenn dort nicht die Rinnlingen dahergefahren kommt.«
»Nun, das trifft sich gut«, sagte Herr Friedemann mit seiner hohen und etwas scharfen Stimme und blickte erwartungsvoll geradeaus. »Ich habe sie nämlich noch immer nicht zu Gesichte bekommen. Da haben wir den gelben Wagen.«
In der Tat war es der gelbe Jagdwagen, den Frau von Rinnlingen heute benutzte, und sie lenkte die beiden schlanken Pferde in eigener Person, während der Diener mit verschränkten Armen hinter ihr saß. Sie trug eine weite, ganz helle Jacke, und auch der Rock war hell. Unter dem kleinen, runden Strohhut mit braunem Lederbande quoll das rotblonde Haar hervor, das über die Ohren frisiert war und als ein dicker Knoten tief in den Nacken fiel. Die Hautfarbe ihres ovalen Gesichtes

war mattweiß, und in den Winkeln ihrer ungewöhnlich nahe beieinanderliegenden braunen Augen lagerten bläuliche Schatten. Über ihrer kurzen, aber recht fein geschnittenen Nase saß ein kleiner Sattel von Sommersprossen, was sie gut kleidete; ob aber ihr Mund schön war, konnte man nicht erkennen, denn sie schob unaufhörlich die Unterlippe vor und wieder zurück, indem sie sie an der Oberlippe scheuerte.

Großkaufmann Stephens grüßte außerordentlich ehrerbietig, als der Wagen herangekommen war, und auch der kleine Herr Friedemann lüftete seinen Hut, wobei er Frau von Rinnlingen groß und aufmerksam ansah. Sie senkte ihre Peitsche, nickte leicht mit dem Kopfe und fuhr langsam vorüber, indem sie rechts und links die Häuser und Schaufenster betrachtete.

Nach ein paar Schritten sagte der Großkaufmann: »Sie hat eine Spazierfahrt gemacht und fährt nun nach Hause.«

Der kleine Herr Friedemann antwortete nicht, sondern blickte vor sich nieder auf das Pflaster. Dann sah er plötzlich den Großkaufmann an und fragte: »Wie meinten Sie?«

Und Herr Stephens wiederholte seine scharfsinnige Bemerkung.

VIII

Drei Tage später kam Johannes Friedemann um zwölf Uhr mittags von seinem regelmäßigen Spaziergange nach Hause. Um halb ein Uhr wurde zu Mittag gespeist, und er wollte gerade noch für eine halbe Stunde in sein ›Bureau‹ gehen, das gleich rechts neben der Haustür lag, als das Dienstmädchen über die Diele kam und zu ihm sagte:

»Es ist Besuch da, Herr Friedemann.«

»Bei mir?« fragte er.

»Nein, oben, bei den Damen.«

»Wer denn?«

»Herr und Frau Oberstleutnant von Rinnlingen.«

»Oh«, sagte Herr Friedemann, »da will ich doch ...«

Und er ging die Treppe hinauf. Oben schritt er über den Vorplatz, und er hatte schon den Griff der hohen, weißen Tür in der Hand, die zum ›Landschaftszimmer‹ führte, als er plötzlich innehielt, einen Schritt zurücktrat, kehrt machte und langsam wieder davonging, wie er gekommen war. Und obgleich er vollkommen allein war, sagte er ganz laut vor sich hin:

»Nein. Lieber nicht. –«

Er ging hinunter in sein ›Bureau‹, setzte sich an den Schreibtisch und nahm die Zeitung zur Hand. Nach einer Minute aber ließ er sie wieder sinken und blickte seitwärts zum Fenster hinaus. So blieb er sitzen, bis das Mädchen kam und meldete, daß angerichtet sei; dann begab er sich hinauf ins Speisezimmer, wo die Schwestern schon seiner warteten, und nahm auf seinem Stuhle Platz, auf dem drei Notenbücher lagen.

Henriette, welche die Suppe auffüllte, sagte:

»Weißt du, Johannes, wer hier war?«

»Nun?« fragte er.

»Die neuen Oberstleutnants.«

»Ja, so? Das ist liebenswürdig.«

»Ja«, sagte Pfiffi und bekam Flüssigkeit in die Mundwinkel, »ich finde, daß beide durchaus angenehme Menschen sind.«

»Jedenfalls«, sagte Friederike, »dürfen wir mit unserem Gegenbesuch nicht zögern. Ich schlage vor, daß wir übermorgen gehen, Sonntag.«

»Sonntag«, sagten Henriette und Pfiffi.

»Du wirst doch mit uns gehen, Johannes?« fragte Friederike.

»Selbstredend!« sagte Pfiffi und schüttelte sich. Herr Friedemann hatte die Frage ganz überhört und aß mit einer stillen und ängstlichen Miene seine Suppe. Es war, als ob er irgendwohin horchte, auf irgendein unheimliches Geräusch.

IX

Am folgenden Abend gab man im Stadttheater den ›Lohengrin‹, und alle gebildeten Leute waren anwesend. Der kleine Raum war besetzt von oben bis unten und erfüllt von summendem Geräusch, Gasgeruch und Parfüms. Alle Augengläser aber, im Parkett wie auf den Rängen, richteten sich auf Loge dreizehn, gleich rechts neben der Bühne, denn dort waren heute zum ersten Male Herr von Rinnlingen nebst Frau erschienen, und man hatte Gelegenheit, das Paar einmal gründlich zu mustern.

Als der kleine Herr Friedemann in tadellosem schwarzen Anzug mit glänzend weißem, spitz hervorstehendem Hemdeinsatz seine Loge – Loge dreizehn – betrat, zuckte er in der Tür zurück, wobei er eine Bewegung mit der Hand nach der Stirn machte und seine Nasenflügel sich einen Augenblick krampfhaft öffneten. Dann aber ließ er sich auf seinem Sessel nieder, dem Platze links von Frau von Rinnlingen.

Sie blickte ihn, während er sich setzte, eine Weile aufmerksam an, indem sie die Unterlippe vorschob, und wandte sich dann, um mit ihrem Gatten, der hinter ihr stand, ein paar Worte zu wechseln. Es war ein großer, breiter Herr mit aufgebürstetem Schnurrbart und einem braunen, gutmütigen Gesicht.

Als die Ouvertüre begann und Frau von Rinnlingen

sich über die Brüstung beugte, ließ Herr Friedemann einen raschen, hastigen Seitenblick über sie hingleiten. Sie trug eine helle Gesellschaftstoilette und war, als die einzige der anwesenden Damen, sogar ein wenig dekolletiert. Ihre Ärmel waren sehr weit und bauschig, und die weißen Handschuhe reichten bis an die Ellenbogen. Ihre Gestalt hatte heute etwas Üppiges, was neulich, als sie die weite Jacke trug, nicht bemerkbar gewesen war; ihr Busen hob und senkte sich voll und langsam, und der Knoten des rotblonden Haares fiel tief und schwer in den Nacken.

Herr Friedemann war bleich, viel bleicher als gewöhnlich, und unter dem glattgescheitelten braunen Haar standen kleine Tropfen auf seiner Stirn. Frau von Rinnlingen hatte von ihrem linken Arm, der auf dem roten Sammet der Brüstung lag, den Handschuh gestreift, und diesen runden, mattweißen Arm, der wie die schmucklose Hand von ganz blaßblauem Geäder durchzogen war, sah er immer; das war nicht zu ändern.

Die Geigen sangen, die Posaunen schmetterten darein, Telramund fiel, im Orchester herrschte allgemeiner Jubel, und der kleine Herr Friedemann saß unbeweglich, blaß und still, den Kopf tief zwischen den Schultern, einen Zeigefinger am Munde und die andere Hand im Aufschlage seines Rockes.

Während der Vorhang fiel, erhob sich Frau von Rinnlingen, um mit ihrem Gatten die Loge zu verlassen. Herr Friedemann sah es, ohne hinzublicken, fuhr mit seinem Taschentuch leicht über die Stirn, stand plötzlich auf, ging bis an die Tür, die auf den Korridor führte, kehrte wieder um, setzte sich an seinen Platz und verharrte dort regungslos in der Stellung, die er vorher innegehabt hatte.

Als das Klingelzeichen erscholl und seine Nachbarn wieder eintraten, fühlte er, daß Frau von Rinnlingens Augen auf ihm ruhten, und ohne es zu wollen, erhob er den Kopf nach ihr. Als ihre Blicke sich trafen, sah sie durchaus nicht beiseite, sondern fuhr fort, ihn ohne eine Spur von Verlegenheit aufmerksam zu betrachten, bis er selbst, bezwungen und gedemütigt, die Augen niederschlug. Er ward noch bleicher dabei, und ein seltsamer, süßlich beizender Zorn stieg in ihm auf . . . Die Musik begann.

Gegen Ende dieses Aufzuges geschah es, daß Frau von Rinnlingen sich ihren Fächer entgleiten ließ und daß derselbe neben Herrn Friedemann zu Boden fiel. Beide bückten sich gleichzeitig, aber sie ergriff ihn selbst und sagte mit einem Lächeln, das spöttisch war:

»Ich danke.«

Ihre Köpfe waren ganz dicht beieinander gewesen, und er hatte einen Augenblick den warmen Duft ihrer Brust atmen müssen. Sein Gesicht war verzerrt, sein ganzer Körper zog sich zusammen, und sein Herz klopfte so gräßlich schwer und wuchtig, daß ihm der Atem verging. Er saß noch eine halbe Minute, dann schob er den Sessel zurück, stand leise auf und ging leise hinaus.

X

Er ging, gefolgt von den Klängen der Musik, über den Korridor, ließ sich an der Garderobe seinen Zylinder, seinen hellen Überzieher und seinen Stock geben und schritt die Treppe hinab auf die Straße.

Es war ein warmer, stiller Abend. Im Lichte der Gaslaternen standen die grauen Giebelhäuser schweigend gegen den Himmel, an dem die Sterne hell und milde glänzten. Die Schritte der wenigen Menschen, die Herrn Friedemann begegneten, hallten auf dem Trottoir. Jemand grüßte ihn, aber er sah es nicht; er hielt den Kopf tief gesenkt, und seine hohe, spitze Brust zitterte, so schwer atmete er: Dann und wann sagte er leise vor sich hin:

»Mein Gott! Mein Gott!«

Er sah mit einem entsetzten und angstvollen Blick in sich hinein, wie sein Empfinden, das er so sanft gepflegt, so milde und klug stets behandelt hatte, nun emporgerissen war, aufgewirbelt, zerwühlt . . . Und plötzlich, ganz überwältigt, in einem Zustand von Schwindel, Trunkenheit, Sehnsucht und Qual, lehnte er sich gegen einen Laternenpfahl und flüsterte bebend:

»Gerda!« –

Alles blieb still. Weit und breit war in diesem Augenblick kein Mensch zu sehen. Der kleine Herr Friedemann raffte sich auf und schritt weiter. Er war die Straße hinaufgegangen, in der das Theater lag und die ziemlich steil zum Flusse hinunterlief, und verfolgte nun die Hauptstraße nach Norden, seiner Wohnung zu ...

Wie sie ihn angesehen hatte! Wie? Sie hatte ihn gezwungen, die Augen niederzuschlagen? Sie hatte ihn mit ihrem Blick gedemütigt? War sie nicht eine Frau und er ein Mann? Und hatten ihre seltsamen braunen Augen nicht förmlich dabei vor Freude gezittert?

Er fühlte wieder diesen ohnmächtigen, wollüstigen Haß in sich aufsteigen, aber dann dachte er an jenen Augenblick, wo ihr Kopf den seinen berührt, wo er den Duft ihres Körpers eingeatmet hatte, und er blieb zum zweiten Male stehen, beugte den verwachsenen Oberkörper zurück, zog die Luft durch die Zähne ein und murmelte dann abermals völlig ratlos, verzweifelt, außer sich:

»Mein Gott! Mein Gott!«

Und wieder schritt er mechanisch weiter, langsam, durch die schwüle Abendluft, durch die menschenleeren, hallenden Straßen, bis er vor seiner Wohnung stand. Auf der Diele verweilte er einen Augenblick und sog den kühlen, kellerigen Geruch ein, der dort herrschte; dann trat er in sein ›Bureau‹.

Er setzte sich an den Schreibtisch am offenen Fenster und starrte geradeaus auf eine große, gelbe Rose, die jemand ihm dort ins Wasserglas gestellt hatte. Er nahm sie und atmete mit geschlossenen Augen ihren Duft; aber dann schob er sie mit einer müden und traurigen Gebärde beiseite. Nein, nein, das war zu Ende! Was war ihm noch solcher Duft? Was war ihm noch alles, was bis jetzt sein ›Glück‹ ausgemacht hatte? . . .
Er wandte sich zur Seite und blickte auf die stille Straße hinaus. Dann und wann klangen Schritte auf und hallten vorüber. Die Sterne standen und glitzerten. Wie todmüde und schwach er wurde! Sein Kopf war so leer, und seine Verzweiflung begann in eine große, sanfte Wehmut sich aufzulösen. Ein paar Gedichtzeilen flatterten ihm durch den Sinn, die Lohengrinmusik klang ihm wieder in den Ohren, er sah noch einmal Frau von Rinnlingens Gestalt vor sich, ihren weißen Arm auf dem roten Sammet, und dann verfiel er in einen schweren, fieberdumpfen Schlaf.

XI

Oft war er dicht am Erwachen, aber er fürchtete sich davor und versank jedesmal aufs neue in Bewußtlosigkeit. Als es aber völlig hell geworden war, schlug er die Augen auf und sah mit einem großen, schmerzlichen Blick um sich. Alles stand ihm klar vor der Seele; es war, als sei sein Leiden durch den Schlaf gar nicht unterbrochen worden.

Sein Kopf war dumpf, und die Augen brannten ihm; als er sich aber gewaschen und die Stirn mit Eau de Cologne benetzt hatte, fühlte er sich wohler und setzte sich still wieder an seinen Platz am Fenster, das offengeblieben war. Es war noch ganz früh am Tage, etwa um fünf Uhr. Dann und wann ging ein Bäckerjunge vorüber, sonst war niemand zu sehen. Gegenüber waren noch alle Rouleaus geschlossen. Aber die Vögel zwitscherten, und der Himmel war leuchtend blau. Es war ein wunderschöner Sonntagmorgen.

Ein Gefühl von Behaglichkeit und Vertrauen überkam den kleinen Herrn Friedemann. Wovor ängstigte er sich? War nicht alles wie sonst? Zugegeben, daß es gestern ein schlimmer Anfall gewesen war; nun, aber damit sollte es ein Ende haben! Jeder Veranlassung mußte er ausweichen, die den Anfall erneuern könnte; er fühlte die Kraft dazu. Er fühlte die Kraft, es zu überwinden und es gänzlich in sich zu ersticken . . .

Als es halb acht Uhr schlug, trat Friederike ein und stellte den Kaffee auf den runden Tisch, der vor dem Ledersofa an der Rückwand stand.

»Guten Morgen, Johannes«, sagte sie, »hier ist dein Frühstück.«

»Danke«, sagte Herr Friedemann. Und dann:

»Liebe Friederike, es tut mir leid, daß ihr den Besuch werdet allein machen müssen. Ich fühle mich nicht wohl genug, um euch begleiten zu können. Ich habe schlecht geschlafen, habe Kopfschmerzen, und kurz und gut, ich muß euch bitten . . .«

Friederike antwortete:

»Das ist schade. Du darfst den Besuch keinesfalls ganz unterlassen. Aber es ist wahr, daß du krank aussiehst. Soll ich dir meinen Migränestift leihen?«

»Danke«, sagte Herr Friedemann. »Es wird vorübergehen.« Und Friederike ging.

Er trank, am Tische stehend, langsam seinen Kaffee und aß ein Hörnchen dazu. Er war zufrieden mit sich und stolz auf seine Entschlossenheit. Als er fertig war, nahm er eine Zigarre und setzte sich wieder ans Fenster. Das Frühstück hatte ihm wohlgetan, und er fühlte sich glücklich und hoffnungsvoll. Er nahm ein Buch, las, rauchte und blickte blinzelnd hinaus in die Sonne.

Es war jetzt lebendig geworden auf der Straße; Wagengerassel, Gespräch und das Klingeln der Pferdebahn tönten zu ihm herein; zwischen allem aber war das Zwitschern der Vögel zu vernehmen, und vom strahlend blauen Himmel wehte eine weiche, warme Luft.

Um zehn Uhr hörte er die Schwestern über die Diele kommen, hörte die Haustür knarren und sah die drei Damen dann am Fenster vorübergehen, ohne daß er besonders darauf achtete. Eine Stunde verging; er fühlte sich glücklicher und glücklicher.

Eine Art von Übermut begann ihn zu erfüllen. Was für eine Luft das war, und wie die Vögel zwitscherten! Wie wäre es, wenn er ein wenig spazierenginge? – Und da, plötzlich, ohne einen Nebengedanken, stieg mit einem süßen Schrecken der Gedanke in ihm auf: Wenn ich zu ihr ginge? – Und indem er, förmlich mit einer Muskelanstrengung, alles in sich unterdrückte, was angstvoll warnte, fügte er mit einer glückseligen Entschlossenheit hinzu: Ich will zu ihr gehen!

Und er zog seinen schwarzen Sonntagsanzug an, nahm Zylinder und Stock und ging schnell und hastig atmend durch die ganze Stadt in die südliche Vorstadt. Ohne einen Menschen zu sehen, hob und senkte er bei jedem Schritte in eifriger Weise den Kopf, ganz in einem abwesenden, exaltierten Zustand befangen, bis er draußen in der Kastanienallee vor der roten Villa stand, an deren Eingang der Name »Oberstleutnant von Rinnlingen« zu lesen war.

XII

Hier befiel ihn ein Zittern, und das Herz pochte ihm krampfhaft und schwer gegen die Brust. Aber er ging über den Flur und klingelte drinnen. Nun

war es entschieden, und es gab kein Zurück. Mochte alles seinen Gang gehen, dachte er. In ihm war es plötzlich totenstill.
Die Tür sprang auf, der Diener kam ihm über den Vorplatz entgegen, nahm die Karte in Empfang und eilte damit die Treppe hinauf, auf der ein roter Läufer lag. Auf diesen starrte Herr Friedemann unbeweglich, bis der Diener zurückkam und erklärte, die gnädige Frau lasse bitten, sich hinauf zu verfügen.
Oben neben der Salontür, wo er seinen Stock abstellte, warf er einen Blick in den Spiegel. Sein Gesicht war bleich, und über den geröteten Augen klebte das Haar an der Stirn; die Hand, in der er den Zylinder hielt, zitterte unaufhaltsam.
Der Diener öffnete, und er trat ein. Er sah sich in einem ziemlich großen, halbdunklen Gemach; die Fenster waren verhängt. Rechts stand ein Flügel, und in der Mitte um den runden Tisch gruppierten sich Lehnsessel in brauner Seide. Über dem Sofa an der linken Seitenwand hing eine Landschaft in schwerem Goldrahmen. Auch die Tapete war dunkel. Hinten im Erker standen Palmen.
Eine Minute verging, bis Frau von Rinnlingen rechts die Portiere auseinanderschlug und ihm auf dem dicken braunen Teppich lautlos entgegenkam. Sie trug ein ganz einfach gearbeitetes, rot und schwarz gewürfeltes Kleid. Vom Erker her fiel eine Lichtsäule, in welcher der Staub tanzte, gerade auf

ihr schweres, rotes Haar, so daß es einen Augenblick goldig aufleuchtete. Sie hielt ihre seltsamen Augen forschend auf ihn gerichtet und schob wie gewöhnlich die Unterlippe vor.

»Gnädige Frau«, begann Herr Friedemann und blickte zu ihr in die Höhe, denn er reichte ihr nur bis zur Brust, »ich möchte Ihnen auch meinerseits meine Aufwartung machen. Ich war, als Sie meine Schwestern beehrten, leider abwesend und ... bedauerte das aufrichtig ...«

Er wußte durchaus nicht mehr zu sagen, aber sie stand und sah ihn unerbittlich an, als wollte sie ihn zwingen, weiterzusprechen. Alles Blut stieg ihm plötzlich zu Kopfe. ›Sie will mich quälen und verhöhnen!‹ dachte er, ›und sie durchschaut mich! Wie ihre Augen zittern! ...‹ Endlich sagte sie mit einer ganz hellen und ganz klaren Stimme:

»Es ist liebenswürdig, daß Sie gekommen sind. Ich habe neulich ebenfalls bedauert, Sie zu verfehlen. Haben Sie die Güte, Platz zu nehmen?«

Sie setzte sich nahe bei ihm, legte die Arme auf die Seitenlehnen des Sessels und lehnte sich zurück. Er saß vorgebeugt und hielt den Hut zwischen den Knien. Sie sagte:

»Wissen Sie, daß noch vor einer Viertelstunde Ihre Fräulein Schwestern hier waren? Sie sagten mir, Sie seien krank.«

»Das ist wahr«, erwiderte Herr Friedemann, »ich fühlte mich nicht wohl heute morgen. Ich glaubte nicht ausgehen zu können. Ich bitte wegen meiner Verspätung um Entschuldigung.«

»Sie sehen auch jetzt noch nicht gesund aus«, sagte sie ganz ruhig und blickte ihn unverwandt an. »Sie sind bleich, und Ihre Augen sind entzündet. Ihre Gesundheit läßt überhaupt zu wünschen übrig?«

»Oh . . .«, stammelte Herr Friedemann, »ich bin im allgemeinen zufrieden . . .«

»Auch ich bin viel krank«, fuhr sie fort, ohne die Augen von ihm abzuwenden; »aber niemand merkt es. Ich bin nervös und kenne die merkwürdigsten Zustände.«

Sie schwieg, legte das Kinn auf die Brust und sah ihn von unten herauf wartend an. Aber er antwortete nicht. Er saß still und hielt seine Augen groß und sinnend auf sie gerichtet. Wie seltsam sie sprach, und wie ihre helle, haltlose Stimme ihn berührte! Sein Herz hatte sich beruhigt; ihm war, als träumte er. – Frau von Rinnlingen begann aufs neue:

»Ich müßte mich irren, wenn Sie nicht gestern das Theater vor Schluß der Vorstellung verließen?«

»Ja, gnädige Frau.«

»Ich bedauerte das. Sie waren ein andächtiger Nachbar, obgleich die Aufführung nicht gut war, oder nur relativ gut. Sie lieben die Musik? Spielen Sie Klavier?«

»Ich spiele ein wenig Violine«, sagte Herr Friedemann. »Das heißt – es ist beinahe nichts . . .«

»Sie spielen Violine?« fragte sie; dann sah sie an ihm vorbei in die Luft und dachte nach.
»Aber dann könnten wir hin und wieder miteinander musizieren«, sagte sie plötzlich. »Ich kann etwas begleiten. Es würde mich freuen, hier jemanden gefunden zu haben ... Werden Sie kommen?«
»Ich stehe der gnädigen Frau mit Vergnügen zur Verfügung«, sagte er, immer wie im Traum. Es entstand eine Pause. Da änderte sich plötzlich der Ausdruck ihres Gesichtes. Er sah, wie es sich in einem kaum merklichen grausamen Spott verzerrte, wie ihre Augen sich wieder mit jenem unheimlichen Zittern fest und forschend auf ihn richteten wie schon zweimal vorher. Sein Gesicht ward glühend rot, und ohne zu wissen, wohin er sich wenden sollte, völlig ratlos und außer sich, ließ er seinen Kopf ganz zwischen die Schultern sinken und blickte fassungslos auf den Teppich nieder. Wie ein kurzer Schauer aber durchrieselte ihn wieder jene ohnmächtige, süßlich peinigende Wut ...
Als er mit einem verzweifelten Entschluß den Blick wieder erhob, sah sie ihn nicht mehr an, sondern blickte ruhig über seinen Kopf hinweg auf die Tür. Er brachte mühsam ein paar Worte hervor:
»Und sind gnädige Frau bis jetzt leidlich zufrieden mit Ihrem Aufenthalt in unserer Stadt?«
»Oh«, sagte Frau von Rinnlingen gleichgültig, »gewiß. Warum sollte ich nicht zufrieden sein? Freilich ein wenig beengt und beobachtet komme ich mir

vor, aber ... Übrigens«, fuhr sie gleich darauf fort, »ehe ich es vergesse: Wir denken in den nächsten Tagen einige Leute bei uns zu sehen, eine kleine, zwanglose Gesellschaft. Man könnte ein wenig Musik machen, ein wenig plaudern ... Überdies haben wir hinterm Hause einen recht hübschen Garten; er geht bis zum Flusse hinunter. Kurz und gut: Sie und Ihre Damen werden selbstverständlich noch eine Einladung erhalten, aber ich bitte Sie gleich hiermit um Ihre Teilnahme; werden Sie uns das Vergnügen machen?«

Herr Friedemann hatte kaum seinen Dank und seine Zusage hervorgebracht, als der Türgriff energisch niedergedrückt wurde und der Oberstleutnant eintrat. Beide erhoben sich, und während Frau von Rinnlingen die Herren einander vorstellte, verbeugte sich ihr Gatte mit der gleichen Höflichkeit vor Herrn Friedemann wie vor ihr. Sein braunes Gesicht war ganz blank vor Wärme.

Während er sich die Handschuhe auszog, sprach er mit seiner kräftigen und scharfen Stimme irgend etwas zu Herrn Friedemann, der mit großen, gedankenlosen Augen zu ihm in die Höhe blickte und immer erwartete, wohlwollend von ihm auf die Schulter geklopft zu werden. Indessen wandte sich der Oberstleutnant mit zusammengezogenen Absätzen und leicht vorgebeugtem Oberkörper an seine Gattin und sagte mit merklich gedämpfter Stimme:

»Hast du Herrn Friedemann um seine Gegenwart bei unserer kleinen Zusammenkunft gebeten, meine Liebe? Wenn es dir angenehm ist, so denke ich, daß wir sie in acht Tagen veranstalten. Ich hoffe, daß das Wetter sich halten wird, und daß wir uns auch im Garten aufhalten können.«

»Wie du meinst«, antwortete Frau von Rinnlingen und blickte an ihm vorbei.

Zwei Minuten später empfahl sich Herr Friedemann. Als er sich an der Tür noch einmal verbeugte, begegnete er ihren Augen, die ohne Ausdruck auf ihm ruhten.

XIII

Er ging fort, er ging nicht zur Stadt zurück, sondern schlug, ohne es zu wollen, einen Weg ein, der von der Allee abzweigte und zu dem ehemaligen Festungswall am Flusse führte. Es gab dort wohlgepflegte Anlagen, schattige Wege und Bänke.

Er ging schnell und besinnungslos, ohne aufzublikken. Es war ihm unerträglich heiß, und er fühlte, wie die Flammen in ihm auf und nieder schlugen, und wie es in seinem müden Kopfe unerbittlich pochte ...

Lag nicht noch immer ihr Blick auf ihm? Aber nicht wie zuletzt, leer und ohne Ausdruck, sondern wie vorher, mit dieser zitternden Grausamkeit, nach-

dem sie eben noch in jener seltsam stillen Art zu ihm gesprochen hatte? Ach, ergötzte es sie, ihn hilflos zu machen und außer sich zu bringen? Konnte sie, wenn sie ihn durchschaute, nicht ein wenig Mitleid mit ihm haben? . . .
Er war unten am Flusse entlang gegangen, neben dem grün bewachsenen Walle hin, und er setzte sich auf eine Bank, die von Jasmingebüsch im Halbkreis umgeben war. Rings war alles voll süßen, schwülen Duftes. Vor ihm brütete die Sonne auf dem zitternden Wasser.
Wie müde und abgehetzt er sich fühlte, und wie doch alles in ihm in qualvollem Aufruhr war! War es nicht das beste, noch einmal um sich zu blicken und dann hinunter in das stille Wasser zu gehen, um nach einem kurzen Leiden befreit und hinübergerettet zu sein in die Ruhe? Ach, Ruhe, Ruhe war es ja, was er wollte! Aber nicht die Ruhe im leeren und tauben Nichts, sondern ein sanftbesonnter Friede, erfüllt von guten, stillen Gedanken.
Seine ganze zärtliche Liebe zum Leben durchzitterte ihn in diesem Augenblick und die tiefe Sehnsucht nach seinem verlorenen Glück. Aber dann blickte er um sich in die schweigende, unendlich gleichgültige Ruhe der Natur, sah, wie der Fluß in der Sonne seines Weges zog, wie das Gras sich zitternd bewegte und die Blumen dastanden, wo sie erblüht waren, um dann zu welken und zu verwehen, sah, wie alles, alles mit dieser stummen Ergebenheit dem Dasein

sich beugte, – und es überkam ihn auf einmal die Empfindung von Freundschaft und Einverständnis mit der Notwendigkeit, die eine Art von Überlegenheit über alles Schicksal zu geben vermag.

Er dachte an jenen Nachmittag seines dreißigsten Geburtstages, als er, glücklich im Besitze des Friedens, ohne Furcht und Hoffnung über den Rest seines Lebens hinzublicken geglaubt hatte. Kein Licht und keinen Schatten hatte er da gesehen, sondern in mildem Dämmerschein hatte alles vor ihm gelegen, bis es dort hinten, unmerklich fast, im Dunkel verschwamm, und mit einem ruhigen und überlegenen Lächeln hatte er den Jahren entgegengesehen, die noch zu kommen hatten, – wie lange war das her?

Da war diese Frau gekommen, sie mußte kommen, es war sein Schicksal, sie selbst war sein Schicksal, sie allein! Hatte er das nicht gefühlt vom ersten Augenblicke an? Sie war gekommen, und ob er auch versucht hatte, seinen Frieden zu verteidigen, – für sie mußte sich alles in ihm empören, was er von Jugend auf in sich unterdrückt hatte, weil er fühlte, daß es für ihn Qual und Untergang bedeutete; es hatte ihn mit furchtbarer, unwiderstehlicher Gewalt ergriffen und richtete ihn zugrunde!

Es richtete ihn zugrunde, das fühlte er. Aber wozu noch kämpfen und sich quälen? Mochte alles seinen Lauf nehmen! Mochte er seinen Weg weitergehen

und die Augen schließen vor dem gähnenden Abgrund dort hinten, gehorsam dem Schicksal, gehorsam der überstarken, peinigend süßen Macht, der man nicht zu entgehen vermag.
Das Wasser glitzerte, der Jasmin atmete seinen scharfen, schwülen Duft, die Vögel zwitscherten ringsumher in den Bäumen, zwischen denen ein schwerer, sammetblauer Himmel leuchtete. Der kleine bucklige Herr Friedemann aber saß noch lange auf seiner Bank. Er saß vornübergebeugt, die Stirn in beide Hände gestützt.

XIV

Alle waren sich einig, daß man sich bei Rinnlingens vortrefflich unterhielt. Etwa dreißig Personen saßen an der langen, geschmackvoll dekorierten Tafel, die sich durch den weiten Speisesaal hinzog; der Bediente und zwei Lohndiener eilten bereits mit dem Eise umher, es herrschte Geklirr, Geklapper und ein warmer Dunst von Speisen und Parfüms. Gemütliche Großkaufleute mit ihren Gemahlinnen und Töchtern waren hier versammelt; außerdem fast sämtliche Offiziere der Garnison, ein alter, beliebter Arzt, ein paar Juristen und was sonst den ersten Kreisen sich beizählte. Auch ein Student der Mathematik war anwesend, ein Neffe des Oberstleutnants, der bei seinen Verwandten zu Besuch war; er führte die tiefsten Gespräche mit Fräulein Hagenström, die Herrn Friedemann gegenüber ihren Platz hatte.

Dieser saß auf einem schönen Sammetkissen am unteren Ende der Tafel neben der nicht schönen Gattin des Gymnasialdirektors, nicht weit von Frau von Rinnlingen, die von Konsul Stephens zu Tische geführt worden war. Es war erstaunlich, was für eine Veränderung in diesen acht Tagen mit dem kleinen Herrn Friedemann sich ereignet hatte. Vielleicht lag es zum Teil an dem weißen Glasglühlicht, von dem der Saal erfüllt war, daß sein Gesicht so erschreckend bleich erschien; aber seine Wangen waren eingefallen, seine geröteten und dunkel umschatteten Augen zeigten einen unsäglich traurigen Schimmer, und es sah aus, als sei seine Gestalt verkrüppelter als je. – Er trank viel Wein und richtete hie und da ein paar Worte an seine Nachbarin.

Frau von Rinnlingen hatte bei Tische noch kein Wort mit Herrn Friedemann gewechselt; jetzt beugte sie sich ein wenig vor und rief ihm zu:

»Ich habe Sie in diesen Tagen vergeblich erwartet, Sie und Ihre Geige.«

Er sah sie einen Augenblick vollkommen abwesend an, bevor er antwortete. Sie trug eine helle, leichte Toilette, die ihren weißen Hals frei ließ, und eine voll erblühte Marschall-Niel-Rose war in ihrem leuchtenden Haar befestigt. Ihre Wangen waren heute abend ein wenig gerötet, aber wie immer

lagerten bläuliche Schatten in den Winkeln ihrer Augen.
Herr Friedemann blickte auf seinen Teller nieder und brachte irgend etwas als Antwort hervor, worauf er der Gymnasialdirektorin die Frage beantworten mußte, ob er Beethoven liebe. In diesem Augenblick aber warf der Oberstleutnant, der ganz oben am Tische saß, seiner Gattin einen Blick zu, schlug ans Glas und sagte:
»Meine Herrschaften, ich schlage vor, daß wir unseren Kaffee in den anderen Zimmern trinken; übrigens muß es heute abend auch im Garten nicht übel sein, und wenn jemand dort ein wenig Luft schöpfen will, so halte ich es mit ihm.«
In die eingetretene Stille hinein machte Leutnant von Deidesheim aus Taktgefühl einen Witz, so daß alles sich unter fröhlichem Gelächter erhob. Herr Friedemann verließ als einer der letzten mit seiner Dame den Saal, geleitete sie durch das altdeutsche Zimmer, wo man bereits zu rauchen begann, in das halbdunkle und behagliche Wohngemach und verabschiedete sich von ihr.
Er war mit Sorgfalt gekleidet; sein Frack war ohne Tadel, sein Hemd blendend weiß, und seine schmalen und schön geformten Füße steckten in Lackschuhen. Dann und wann konnte man sehen, daß er rotseidene Strümpfe trug.
Er blickte auf den Korridor hinaus und sah, daß größere Gruppen sich bereits die Treppe hinunter

in den Garten begaben. Aber er setzte sich mit seiner Zigarre und seinem Kaffee an die Tür des altdeutschen Zimmers, in dem einige Herren plaudernd beisammenstanden, und blickte in das Wohngemach hinein.

Gleich rechts von der Tür saß um einen kleinen Tisch ein Kreis, dessen Mittelpunkt von dem Studenten gebildet ward, der mit Eifer sprach. Er hatte die Behauptung aufgestellt, daß man durch einen Punkt mehr als eine Parallele zu einer Geraden ziehen könne, Frau Rechtsanwalt Hagenström hatte gerufen: »Dies ist unmöglich!«, und nun bewies er es so schlagend, daß alle taten, als hätten sie es verstanden.

Im Hintergrunde des Zimmers aber, auf der Ottomane, neben der die niedrige, rotverhüllte Lampe stand, saß im Gespräch mit dem jungen Fräulein Stephens Gerda von Rinnlingen. Sie saß ein wenig in das gelbseidene Kissen zurückgelehnt, einen Fuß über den anderen gestellt, und rauchte langsam eine Zigarette, wobei sie den Rauch durch die Nase ausatmete und die Unterlippe vorschob. Fräulein Stephens saß aufrecht und wie aus Holz geschnitzt vor ihr und antwortete ängstlich lächelnd.

Niemand beachtete den kleinen Herrn Friedemann, und niemand bemerkte, daß seine großen Augen ohne Unterlaß auf Frau von Rinnlingen gerichtet waren. In einer schlaffen Haltung saß er und sah sie

an. Es war nichts Leidenschaftliches in seinem Blick und kaum ein Schmerz; etwas Stumpfes und Totes lag darin, eine dumpfe, kraft- und willenlose Hingabe.
Zehn Minuten etwa vergingen so; da erhob Frau von Rinnlingen sich plötzlich, und ohne ihn anzublicken, als ob sie ihn während der ganzen Zeit heimlich beobachtet hätte, schritt sie auf ihn zu und blieb vor ihm stehen. Er stand auf, sah zu ihr in die Höhe und vernahm die Worte:
»Haben Sie Lust, mich in den Garten zu begleiten, Herr Friedemann?«
Er antwortete:
»Mit Vergnügen, gnädige Frau.«

XV

»Sie haben unseren Garten noch nicht gesehen?« sagte sie auf der Treppe zu ihm. »Er ist ziemlich groß. Hoffentlich sind noch nicht zu viele Menschen dort; ich möchte gern ein wenig aufatmen. Ich habe während des Essens Kopfschmerzen bekommen; vielleicht war mir dieser Rotwein zu kräftig . . . Hier durch die Tür müssen wir hinausgehen.« Es war eine Glastür, durch die sie vom Vorplatz aus einen kleinen, kühlen Flur betraten; dann führten ein paar Stufen ins Freie.
In der wundervoll sternklaren, warmen Nacht quoll

der Duft von allen Beeten. Der Garten lag in vollem Mondlicht, und auf den weiß leuchtenden Kieswegen gingen die Gäste plaudernd und rauchend umher. Eine Gruppe hatte sich um den Springbrunnen versammelt, wo der alte, beliebte Arzt unter allgemeinem Gelächter Papierschiffchen schwimmen ließ.

Frau von Rinnlingen ging mit einem leichten Kopfnicken vorüber und wies in die Ferne, wo der zierliche und duftende Blumengarten zum Park sich verdunkelte.

»Wir wollen die Mittelallee hinuntergehen«, sagte sie. Am Eingange standen zwei niedrige, breite Obelisken.

Dort hinten, am Ende der schnurgeraden Kastanienallee sahen sie grünlich und blank den Fluß im Mondlicht schimmern. Ringsumher war es dunkel und kühl. Hie und da zweigte ein Seitenweg ab, der im Bogen wohl ebenfalls zum Flusse führte. Es ließ sich lange Zeit kein Laut vernehmen.

»Am Wasser«, sagte sie, »ist ein hübscher Platz, wo ich schon oft gesessen habe. Dort könnten wir einen Augenblick plaudern. – Sehen Sie, dann und wann glitzert zwischen dem Laub ein Stern hindurch.«

Er antwortete nicht und blickte auf die grüne, schimmernde Fläche, der sie sich näherten. Man konnte das jenseitige Ufer erkennen, die Wallanlagen. Als sie die Allee verließen und auf den Grasplatz hinaustraten, der sich zum Flusse hinabsenkte, sagte Frau von Rinnlingen:

»Hier ein wenig nach rechts ist unser Platz; sehen Sie, er ist unbesetzt.«
Die Bank, auf der sie sich niederließen, lehnte sich sechs Schritte seitwärts von der Allee an den Park. Hier war es wärmer als zwischen den breiten Bäumen. Die Grillen zirpten in dem Grase, das hart am Wasser in dünnes Schilf überging. Der mondhelle Fluß gab ein mildes Licht.
Sie schwiegen beide eine Weile und blickten auf das Wasser. Dann aber horchte er ganz erschüttert, denn der Ton, den er vor einer Woche vernommen, dieser leise, nachdenkliche und sanfte Ton berührte ihn wieder:
»Seit wann haben Sie Ihr Gebrechen, Herr Friedemann?« fragte sie. »Sind Sie damit geboren?«
Er schluckte hinunter, denn die Kehle war ihm wie zugeschnürt. Dann antwortete er leise und artig:
»Nein, gnädige Frau. Als kleines Kind ließ man mich zu Boden fallen; daher stammt es.«
»Und wie alt sind Sie nun?« fragte sie weiter.
»Dreißig Jahre, gnädige Frau.«
»Dreißig Jahre«, wiederholte sie. »Und Sie waren nicht glücklich, diese dreißig Jahre?«
Herr Friedemann schüttelte den Kopf, und seine Lippen bebten. »Nein«, sagte er; »das war Lüge und Einbildung.«
»Sie haben also geglaubt, glücklich zu sein?« fragte sie.

»Ich habe es versucht«, sagte er, und sie antwortete: »Das war tapfer.«
Eine Minute verstrich. Nur die Grillen zirpten, und hinter ihnen rauschte es ganz leise in den Bäumen.
»Ich verstehe mich ein wenig auf das Unglück«, sagte sie dann. »Solche Sommernächte am Wasser sind das beste dafür.«
Hierauf antwortete er nicht, sondern wies mit einer schwachen Gebärde hinüber nach dem jenseitigen Ufer, das friedlich im Dunkel lag.
»Dort habe ich neulich gesessen«, sagte er.
»Als Sie von mir kamen?« fragte sie.
Er nickte nur.
Dann aber bebte er plötzlich auf seinem Sitz in die Höhe, schluchzte auf, stieß einen Laut aus, einen Klagelaut, der doch zugleich etwas Erlösendes hatte, und sank langsam vor ihr zu Boden. Er hatte mit seiner Hand die ihre berührt, die neben ihm auf der Bank geruht hatte, und während er sie nun festhielt, während er auch die andere ergriff, während dieser kleine, gänzlich verwachsene Mensch zitternd und zuckend vor ihr auf den Knien lag und sein Gesicht in ihren Schoß drückte, stammelte er mit einer unmenschlichen, keuchenden Stimme:
»Sie wissen es ja ... Laß mich ... Ich kann nicht mehr ... Mein Gott ... Mein Gott ...«
Sie wehrte ihm nicht, sie beugte sich auch nicht zu ihm nieder. Sie saß hoch aufgerichtet, ein wenig von

ihm zurückgelehnt, und ihre kleinen, nahe beieinanderliegenden Augen, in denen sich der feuchte Schimmer des Wassers zu spiegeln schien, blickten starr und gespannt gradeaus, über ihn fort, ins Weite.

Und dann, plötzlich, mit einem Ruck, mit einem kurzen, stolzen, verächtlichen Lachen hatte sie ihre Hände seinen heißen Fingern entrissen, hatte ihn am Arm gepackt, ihn seitwärts vollends zu Boden geschleudert, war aufgesprungen und in der Allee verschwunden.

Er lag da, das Gesicht im Grase, betäubt, außer sich, und ein Zucken lief jeden Augenblick durch seinen Körper. Er raffte sich auf, tat zwei Schritte und stürzte wieder zu Boden. Er lag am Wasser. –

Was ging eigentlich in ihm vor, bei dem, was nun geschah? Vielleicht war es dieser wollüstige Haß, den er empfunden hatte, wenn sie ihn mit ihrem Blicke demütigte, der jetzt, wo er, behandelt von ihr wie ein Hund, am Boden lag, in eine irrsinnige Wut ausartete, die er betätigen mußte, sei es auch gegen sich selbst ... ein Ekel vielleicht vor sich selbst, der ihn mit einem Durst erfüllte, sich zu vernichten, sich in Stücke zu zerreißen, sich auszulöschen ...

Auf dem Bauche schob er sich noch weiter vorwärts, erhob den Oberkörper und ließ ihn ins Wasser fallen. Er hob den Kopf nicht wieder; nicht einmal die Beine, die am Ufer lagen, bewegte er mehr.

Bei dem Aufklatschen des Wassers waren die Grillen einen Augenblick verstummt. Nun setzte ihr Zirpen wieder ein, der Park rauschte leise auf, und durch die lange Allee herunter klang gedämpftes Lachen.

DER WILLE ZUM GLÜCK

Der alte Hofmann hatte sein Geld als Plantagenbesitzer in Südamerika verdient. Er hatte dort eine Eingeborene aus gutem Hause geheiratet und war bald darauf mit ihr nach Norddeutschland, seiner Heimat, gezogen. Sie lebten in meiner Vaterstadt, wo auch seine übrige Familie zu Hause war. Paolo wurde hier geboren.

Die Eltern habe ich übrigens nicht näher gekannt. Jedenfalls war Paolo das Ebenbild seiner Mutter. Als ich ihn zum ersten Male sah, das heißt, als unsere Väter uns zum ersten Male zur Schule brachten, war er ein mageres Bürschchen mit gelblicher Gesichtsfarbe. Ich sehe ihn noch. Er trug sein schwarzes Haar damals in langen Locken, die wirr auf den Kragen seines Matrosenanzuges niederfielen und sein schmales Gesichtchen umrahmten.

Da wir es beide zu Hause sehr gut gehabt hatten, so waren wir mit der neuen Umgebung, der kahlen Schulstube und besonders mit dem rotbärtigen, schäbigen Menschen, der uns durchaus das Abc lehren wollte, nichts weniger als einverstanden. Ich hielt meinen Vater, als er sich entfernen wollte, weinend am Rocke fest, während Paolo sich gänz-

lich passiv verhielt. Er lehnte regungslos an der Wand, kniff die schmalen Lippen zusammen und glickte aus großen, tränenerfüllten Augen auf die übrige hoffnungsvolle Jugend, die sich gegenseitig in die Seiten stieß und gefühllos grinste.
In dieser Weise von Larven umgeben, fühlten wir uns von vornherein zueinander hingezogen und waren froh, als der rotbärtige Pädagoge uns nebeneinander sitzen ließ. Wir hielten uns fortan zusammen, legten gemeinschaftlich den Grund zu unserer Bildung und trieben täglich Tauschhandel mit unserem Butterbrot.
Er war übrigens schon damals kränklich, wie ich mich erinnere. Er mußte dann und wann längere Zeit die Schule versäumen, und wenn er wiederkam, zeigten seine Schläfen und Wangen noch deutlicher als gewöhnlich das blaßblaue Geäder, das man gerade bei zarten brünetten Menschen häufig bemerken kann. Er hat das immer behalten. Es war das erste, was mir hier bei unserem Wiedersehen in München auffiel und auch nachher in Rom.
Unsere Kameradschaft dauerte während all der Schuljahre ungefähr aus demselben Grunde fort, aus welchem sie entstanden. Es war das ›Pathos der Distanz‹ dem größten Teile unserer Mitschüler gegenüber, das jeder kennt, der mit fünfzehn Jahren heimlich Heine liest und in Tertia das Urteil über Welt und Menschen entschlossen fällt.
Wir hatten – ich glaube, wir waren sechzehn Jahre

alt – auch zusammen Tanzstunde und erlebten infolgedessen gemeinsam unsere erste Liebe.
Das kleine Mädchen, das es ihm angetan, ein blondes, fröhliches Geschöpf, verehrte er mit einer schwermütigen Glut, die für sein Alter bemerkenswert war und mir manchmal direkt unheimlich erschien.
Ich erinnere mich besonders *einer* Tanzgesellschaft. Das Mädchen brachte einem anderen kurz nacheinander zwei Kotillonorden und ihm keinen. Ich beobachtete ihn mit Angst. Er stand neben mir an die Wand gelehnt, starrte regungslos auf seine Lackschuhe und sank plötzlich ohnmächtig zusammen. Man brachte ihn nach Hause, und er lag acht Tage krank. Es erwies sich damals – ich glaube, bei dieser Gelegenheit –, daß sein Herz nicht das gesündeste sei.
Schon vor dieser Zeit hatte er begonnen zu zeichnen, wobei er starkes Talent entwickelte. Ich bewahre ein Blatt, das die mit Kohlestift hingeworfenen Züge jenes Mädchens recht ähnlich zur Schau trägt, nebst der Unterschrift: ›Du bist wie eine Blume! – Paolo Hofmann fecit.‹
Ich weiß nicht genau, wann es war, aber wir waren schon in den höheren Klassen, als seine Eltern die Stadt verließen, um sich in Karlsruhe niederzulassen, wo der alte Hofmann Verbindungen hatte. Paolo sollte die Schule nicht wechseln und ward zu einem alten Professor in Pension gegeben.

Indessen blieb die Lage auch so nicht lange. Vielleicht war das Folgende nicht gerade die Veranlassung dazu, daß Paolo eines Tages den Eltern nach Karlsruhe nachfolgte, aber jedenfalls trug es dazu bei.

In einer Religionsstunde nämlich schritt plötzlich der betreffende Oberlehrer mit einem lähmenden Blick auf ihn zu und zog unter dem Alten Testament, das vor Paolo lag, ein Blatt hervor, auf welchem eine bis auf den linken Fuß vollendete, sehr weibliche Gestalt sich ohne jedes Schamgefühl den Blicken darbot.

Also Paolo ging nach Karlsruhe, und dann und wann wechselten wir Postkarten, ein Verkehr, der nach und nach gänzlich einschlief.

Nach unserer Trennung waren ungefähr fünf Jahre vergangen, als ich ihn in München wiedertraf. Ich ging an einem schönen Frühlingsvormittag die Amalienstraße hinunter und sah jemanden die Freitreppe der Akademie herabsteigen, der von weitem beinahe den Eindruck eines italienischen Modells machte. Als ich näher kam, war er es wahrhaftig.

Mittelgroß, schmal, den Hut auf dem dichten schwarzen Haar zurückgesetzt, mit gelblichem, von blauen Äderchen durchzogenen Teint, elegant, aber nachlässig gekleidet – an der Weste waren zum Beispiel ein paar Knöpfe nicht geschlossen –, den kurzen Schnurrbart leicht aufgewirbelt, so kam er

mit seinem wiegenden, indolenten Schritt auf mich zu.
Wir erkannten uns ungefähr gleichzeitig, und die Begrüßung war sehr herzlich. Er schien mir, während wir uns vorm Café Minerva wechselseitig über den Verlauf der letzten Jahre ausfragten, in gehobener, beinahe exaltierter Stimmung zu sein. Seine Augen leuchteten, und seine Bewegungen waren groß und weit. Dabei sah er schlecht aus, wirklich krank. Ich habe jetzt freilich leicht reden; aber es fiel mir tatsächlich auf, und ich sagte es ihm sogar geradezu.
»So, noch immer?« fragte er. »Ja, ich glaube es wohl. Ich bin viel krank gewesen. Noch im letzten Jahre lange sogar schwerkrank. Es sitzt hier.«
Er deutete mit der linken Hand auf seine Brust.
»Das Herz. Es ist von jeher dasselbe gewesen. – In letzter Zeit fühle ich mich aber sehr gut, ganz ausgezeichnet. Ich kann sagen, daß ich ganz gesund bin. Übrigens mit meinen dreiundzwanzig Jahren – es wäre ja auch traurig ...«
Seine Laune war wirklich gut. Er erzählte heiter und lebendig von seinem Leben seit unserer Trennung. Er hatte bald nach derselben bei seinen Eltern es durchgesetzt, Maler werden zu dürfen, war seit etwa dreiviertel Jahren mit der Akademie fertig – soeben war er nur zufällig dort gewesen –, hatte einige Zeit auf Reisen, besonders in Paris gelebt und sich nun seit ungefähr fünf Monaten hier in Mün-

chen niedergelassen ... »Wahrscheinlich für lange Zeit – wer weiß? Vielleicht für immer ...«

»So?« fragte ich.

»Nun ja? Das heißt – warum nicht? Die Stadt gefällt mir, gefällt mir ausnehmend! Der ganze Ton – wie? Die Menschen! Und – was nicht unwichtig ist – die soziale Stellung als Maler, auch als ganz unbekannter, ist ja exquisit, ist ja nirgends besser ...«

»Hast du angenehme Bekanntschaften gemacht?«

»Ja. – Wenige, aber sehr gute. Ich muß dir zum Beispiel eine Familie empfehlen ... Ich lernte sie im Fasching kennen ... Der Fasching ist reizend hier –! *Stein* heißen sie. *Baron* Stein sogar.«

»Was ist denn das für ein Adel?«

»Was man Geldadel nennt. Der Baron war Börsenmann, hat früher in Wien eine kolossale Rolle gespielt, verkehrte mit sämtlichen Fürstlichkeiten und so weiter ... Dann geriet er plötzlich in Décadence, zog sich mit ungefähr einer Million – sagt man – aus der Affaire und lebt nun hier, prunklos, aber vornehm.«

»Ist er Jude?«

»Er, glaube ich, nicht. Seine Frau vermutlich. Ich kann übrigens nicht anders sagen, als daß es äußerst angenehme und feine Leute sind.«

»Sind da – Kinder?«

»Nein. – Das heißt – eine neunzehnjährige Tochter. Die Eltern sind sehr liebenswürdig ...«

Er schien einen Augenblick verlegen und fügte dann hinzu:
»Ich mache dir ernstlich den Vorschlag, dich von mir dort einführen zu lassen. Es wäre mir ein Vergnügen. Bist du nicht einverstanden?«
»Aber gewiß. Ich werde dir dankbar sein. Schon um die Bekanntschaft dieser neunzehnjährigen Tochter zu machen –«
Er blickte mich von der Seite an und sagte dann:
»Nun schön. Schieben wir es dann nicht lange hinaus. Wenn es dir paßt, komme ich morgen um ein Uhr herum oder halb zwei und hole dich ab. Sie wohnen Theresienstraße 25, erster Stock. Ich freue mich darauf, ihnen einen Schulfreund von mir zuzuführen. Die Sache ist abgemacht.«
In der Tat klingelten wir am nächsten Tage um die Mittagszeit in der ersten Etage eines eleganten Hauses in der Theresienstraße. Neben der Glocke war in breiten, schwarzen Lettern der Name »Freiherr von Stein« zu lesen.
Paolo war auf dem ganzen Wege erregt und beinahe ausgelassen lustig gewesen; jetzt aber, während wir auf das Öffnen der Tür warteten, nahm ich eine seltsame Veränderung an ihm wahr. Alles an ihm war, während er neben mir stand, bis auf ein nervöses Zucken der Augenlider, vollkommen ruhig, – von einer gewaltsamen, gespannten Ruhe. Er hatte den Kopf ein wenig vorgestreckt. Seine Stirnhaut war gestrammt. Er machte beinahe den Eindruck

eines Tieres, das krampfhaft die Ohren spitzt und mit Anspannung aller Muskeln horcht.
Der Diener, der unsere Karten davontrug, kehrte zurück mit der Aufforderung, einen Augenblick Platz zu nehmen, da Frau Baronin sofort erscheinen werde, und öffnete uns die Tür zu einem mäßig großen, dunkel möblierten Zimmer.
Bei unserem Eintritt erhob sich im Erker, von dem aus man auf die Straße hinausblickte, eine junge Dame in heller Frühlingstoilette und blieb einen Augenblick mit forschender Miene stehen. ›Die neunzehnjährige Tochter‹, dachte ich, indem ich unwillkürlich einen Seitenblick auf meinen Begleiter warf, und: »Baronesse Ada!« flüsterte er mir zu.
Sie war von eleganter Gestalt, aber für ihr Alter reifen Formen und machte mit ihren sehr weichen und fast trägen Bewegungen kaum den Eindruck eines so jungen Mädchens. Ihr Haar, das sie über die Schläfen und in zwei Locken in die Stirn frisiert trug, war glänzend schwarz und bildete einen wirksamen Kontrast zu der matten Weiße ihres Teints. Das Gesicht ließ zwar mit seinen vollen und feuchten Lippen, der fleischigen Nase und den mandelförmigen, schwarzen Augen, über denen sich dunkle und weiche Brauen wölbten, nicht den geringsten Zweifel aufkommen über ihre wenigstens zum Teil semitische Abstammung, war aber von ganz ungewöhnlicher Schönheit.
»Ah – Besuch?« fragte sie, indem sie uns ein paar

Schritte entgegenkam. Ihre Stimme war leicht verschleiert. Sie führte eine Hand zur Stirn, wie um besser sehen zu können, während sie sich mit der anderen auf den Flügel stützte, der an der Wand stand.
»Und sogar sehr willkommener Besuch –?« fügte sie mit derselben Betonung hinzu, als ob sie meinen Freund erst jetzt erkannte; dann warf sie einen fragenden Blick auf mich.
Paolo schritt auf sie zu und beugte sich mit der fast schläfrigen Langsamkeit, mit der man sich einem auserlesenen Genuß hingibt, wortlos auf die Hand nieder, die sie ihm entgegenstreckte.
»Baronesse«, sagte er dann, »ich erlaube mir, Ihnen einen Freund von mir vorzustellen, einen Schulkameraden, mit dem ich das Abc erlernte . . .«
Sie reichte auch mir die Hand, eine weiche, scheinbar knochenlose Hand ohne Schmuck.
»Ich bin erfreut –«, sagte sie, während ihr dunkler Blick, dem ein leises Zittern eigen war, auf mir ruhte. »Und auch meine Eltern werden sich freuen . . . Man hat sie hoffentlich benachrichtigt.«
Sie nahm auf der Ottomane Platz, während wir beide ihr auf Stühlen gegenübersaßen. Ihre weißen, kraftlosen Hände ruhten beim Plaudern im Schoß. Die bauschigen Ärmel reichten nur wenig über den Ellbogen hinüber. Der weiche Ansatz des Handgelenks fiel mir auf.

Nach ein paar Minuten öffnete sich die Tür zum anliegenden Zimmer, und die Eltern traten ein. Der Baron war ein eleganter, untersetzter Herr mit Glatze und grauem Spitzbart; er hatte eine unnachahmliche Art, sein dickes goldenes Armband in die Manschette zurückzuwerfen. Es ließ sich nicht mit Bestimmtheit erkennen, ob seiner Erhebung zum Freiherrn einst ein paar Silben seines Namens zum Opfer gefallen waren; dagegen war seine Gattin einfach eine häßliche kleine Jüdin in einem geschmacklosen grauen Kleid. An ihren Ohren funkelten große Brillanten.

Ich wurde vorgestellt und in durchaus liebenswürdiger Weise begrüßt, während man meinem Begleiter wie einem guten Hausfreunde die Hand schüttelte.

Nachdem über mein Woher und Wieso einige Fragen und Antworten gefallen waren, begann man von einer Ausstellung zu sprechen, in der Paolo ein Bild hatte, einen weiblichen Akt.

»Eine wirklich feine Arbeit!« sagte der Baron. »Ich habe neulich eine halbe Stunde davor gestanden. Der Fleischton auf dem roten Teppich ist eminent wirkungsvoll. Ja, ja, der Herr Hofmann!« Dabei klopfte er Paolo gönnerisch auf die Schulter. »Aber nicht überarbeiten, junger Freund! Um Gottes willen nicht! Sie haben es dringend nötig, sich zu schonen. Wie steht es denn mit der Gesundheit? –«

Paolo hatte, während ich den Herrschaften über

meine Person die nötigen Aufschlüsse erteilte, ein paar gedämpfte Worte mit der Baronesse gewechselt, der er dicht gegenübersaß. Die seltsam gespannte Ruhe, die ich vorhin an ihm beobachtet hatte, war keineswegs von ihm gewichen. Er machte, ohne daß ich genau zu sagen vermöchte, woran es lag, den Eindruck eines sprungbereiten Panthers. Die dunklen Augen in dem gelblichen, schmalen Gesicht hatten einen so krankhaften Glanz, daß es mich nahezu unheimlich berührte, als er auf die Frage des Barons im zuversichtlichsten Tone antwortete:

»Oh, ausgezeichnet! Verbindlichen Dank! Es geht mir sehr gut!«

– Als wir uns nach Verlauf von etwa einer Viertelstunde erhoben, erinnerte die Baronin meinen Freund daran, daß in zwei Tagen wieder Donnerstag sei, er möge ihren Five o'clock tea nicht vergessen. Sie bat bei dieser Gelegenheit auch mich, diesen Wochentag freundlichst im Gedächtnis zu behalten . . .

Auf der Straße zündete Paolo sich eine Zigarette an.

»Nun?« fragte er. »Was sagst du?«

»Oh, das sind sehr angenehme Leute!« beeilte ich mich zu antworten. »Die neunzehnjährige Tochter hat mir sogar imponiert!«

»Imponiert?« Er lachte kurz auf und wandte den Kopf nach der anderen Seite.

»Ja, du lachst!« sagte ich. »Und da oben dünkte es

mich zuweilen, als trübe – geheime Sehnsucht deinen Blick. Aber ich bin im Irrtum?«

Er schwieg einen Augenblick. Dann schüttelte er langsam den Kopf.

»Wenn ich nur wüßte, woher du . . .«

»Aber sei so gut! – Die *Frage* ist für mich nur noch, ob auch Baronesse Ada . . .«

Er sah wieder einen Augenblick stumm vor sich nieder. Dann sagte er leise und zuversichtlich:

»Ich glaube, daß ich glücklich sein werde.«

Ich trennte mich von ihm, indem ich ihm herzlich die Hand schüttelte, obgleich ich innerlich ein Bedenken nicht unterdrücken konnte.

Es vergingen nun ein paar Wochen, in denen ich hin und wieder gemeinsam mit Paolo den Nachmittagstee in dem freiherrlichen Salon einnahm. Es pflegte dort ein kleiner, aber recht angenehmer Kreis versammelt zu sein: eine junge Hofschauspielerin, ein Arzt, ein Offizier – ich entsinne mich nicht jedes einzelnen.

An Paolo's Benehmen beobachtete ich nichts Neues. Er befand sich gewöhnlich trotz seines besorgniserregenden Aussehens in gehobener, freudiger Stimmung und zeigte in der Nähe der Baronesse jedesmal wieder jene unheimliche Ruhe, die ich das erste Mal an ihm wahrgenommen hatte.

Da begegnete mir eines Tages – und ich hatte Paolo zufällig zwei Tage lang nicht gesehen – in der Ludwigstraße der Baron von Stein. Er war zu

Pferde, hielt an und reichte mir vom Sattel aus die Hand.
»Erfreut, Sie zu sehen! Hoffentlich lassen Sie sich morgen nachmittag bei uns blicken?«
»Wenn Sie gestatten, zweifellos, Herr Baron. Auch wenn es irgendwie zweifelhaft wäre, daß mein Freund Hofmann wie jeden Donnerstag kommen wird, mich abzuholen . . .«
»Hofmann? Aber wissen Sie denn nicht – er ist ja abgereist! Ich dachte doch, *Sie* hätte er darüber unterrichtet.«
»Aber mit keiner Silbe!«
»Und so vollkommen à bâton rompu . . . Das nennt man Künstlerlaunen . . . Also morgen nachmittag! –«
Damit setzte er sein Tier in Bewegung und ließ mich höchst verdutzt zurück.
Ich eilte in Paolo's Wohnung. – Ja, leider; Herr Hofmann sei abgereist. Eine Adresse habe er nicht hinterlassen.
Es war klar, daß der Baron von mehr als einer ›Künstlerlaune‹ wußte. Seine Tochter selbst hat mir das, was ich ohnehin mit Bestimmtheit vermutete, bestätigt.
Das geschah auf einem Spaziergang ins Isartwl, den man arrangiert hatte, und zu dem auch ich aufgefordert worden war. Man war erst nachmittags ausgezogen, und auf dem Heimwege zu später Abendstunde fügte es sich, daß die Baronesse

und ich als letztes Paar der Gesellschaft nachfolgten.

Ich hatte an ihr seit Paolo's Verschwinden keinerlei Veränderung wahrgenommen. Sie hatte ihre Ruhe vollständig bewahrt und meines Freundes bis dahin mit keinem Worte Erwähnung getan, während ihre Eltern sich über seine plötzliche Abreise in Ausdrücken des Bedauerns ergingen.

Nun schritten wir nebeneinander durch diesen anmutigsten Teil der Umgebung Münchens; das Mondlicht flimmerte zwischen dem Laubwerk, und wir lauschten eine Weile schweigend dem Geplauder der übrigen Gesellschaft, das ebenso einförmig war wie das Brausen der Wasser, die neben uns dahinschäumten.

Da begann sie plötzlich von Paolo zu sprechen, und zwar in einem sehr ruhigen und sehr sicheren Ton.

»Sie sind seit früher Jugend sein Freund?« fragte sie mich.

»Ja, Baronesse.«

»Sie teilen seine Geheimnisse?«

»Ich glaube, daß sein schwerstes mir bekannt ist, auch ohne daß er es mir mitgeteilt.«

»Und ich darf Ihnen vertrauen?«

»Ich hoffe, daß Sie nicht daran zweifeln, gnädiges Fräulein.«

»Nun gut«, sagte sie, indem sie den Kopf mit einer entschlossenen Bewegung erhob. »Er hat um meine

Hand angehalten, und meine Eltern haben sie ihm verweigert. Er sei krank, sagten sie mir, sehr krank – aber gleichviel: Ich *liebe* ihn. Ich darf so zu Ihnen sprechen, nicht wahr? Ich . . .«

Sie verwirrte sich einen Augenblick und fuhr dann mit derselben Entschlossenheit fort:

»Ich weiß nicht, wo er sich aufhält; aber ich gebe Ihnen die Erlaubnis, ihm meine Worte, die er aus meinem eigenen Munde schon vernommen hat, zu wiederholen, sobald Sie ihn wiedersehen, sie ihm zu schreiben, sobald Sie seine Adresse ausfindig gemacht haben: Ich werde niemals einem anderen Manne die Hand reichen als ihm. Ah – wir werden sehen!«

In diesem letzten Ausruf lag neben Trotz und Entschlossenheit ein so hilfloser Schmerz, daß ich mich nicht enthalten konnte, ihre Hand zu ergreifen und sie stumm zu drücken.

Ich habe mich damals an Hofmanns Eltern brieflich mit der Bitte gewandt, mich über den Aufenthaltsort ihres Sohnes zu benachrichtigen. Ich erhielt eine Adresse in Südtirol, und mein Brief, der dorthin abging, gelangte an mich zurück mit der Bemerkung, der Adressat habe, ohne ein Reiseziel anzugeben, den Ort schon wieder verlassen.

Er wollte von keiner Seite behelligt sein, er war allem entflohen, um irgendwo in aller Einsamkeit zu sterben. Gewiß, zu sterben. Denn nach alledem war es mir zur traurigen Wahrscheinlichkeit geworden, daß ich ihn nicht wiedersehen würde.

War es nicht klar, daß dieser hoffnungslos kranke Mensch jenes junge Mädchen mit der lautlosen, vulkanischen, glühend sinnlichen Leidenschaft liebte, die den gleichartigen ersten Regungen seiner früheren Jugend entsprach? Der egoistische Instinkt des Kranken hatte die Begier nach Vereinigung mit blühender Gesundheit in ihm entfacht; mußte diese Glut, da sie ungestillt blieb, seine letzte Lebenskraft nicht schnell verzehren?

Und es vergingen fünf Jahre, ohne daß ich ein Lebenszeichen von ihm erhielt, – aber auch ohne daß die Nachricht von seinem Tode mich erreichte!

Im vergangenen Jahre nun hielt ich mich in Italien auf, in Rom und Umgebung. Ich hatte die heißen Monate im Gebirge verlebt, war Ende September in die Stadt zurückgekehrt, und an einem warmen Abend saß ich bei einer Tasse Tee im Café Aranjo. Ich blätterte in meiner Zeitung und blickte gedankenlos in das lebendige Treiben, das in dem weiten, lichterfüllten Raume herrschte. Die Gäste kamen und gingen, die Kellner eilten hin und her, und dann und wann tönten durch die weit offenen Türen die langgezogenen Rufe der Zeitungsjungen in den Saal hinein.

Und plötzlich sehe ich, wie ein Herr von meinem Alter sich langsam zwischen den Tischen hindurch und einem Ausgang zu bewegt . . . Dieser Gang –? Aber da wendet er auch schon den Kopf nach mir, hebt die Augenbrauen, kommt mir mit einem freudig erstaunten »Ah!?« entgegen.

»Du hier?« Wir riefen es wie aus einem Mund, und er fügte hinzu:

»Also wir sind beide noch am Leben!«

Seine Augen schweiften ein wenig ab dabei. – Er hatte sich in diesen fünf Jahren kaum verändert; nur daß sein Gesicht vielleicht noch schmaler geworden war, seine Augen noch tiefer in ihren Höhlen lagen. Dann und wann atmete er tief auf.

»Du bist schon lange in Rom?« fragte er.

»In der Stadt noch nicht lange; ich war ein paar Monate auf dem Lande. Und du?«

»Ich war bis vor einer Woche am Meer. Du weißt, ich habe es den Bergen immer vorgezogen . . . Ja, ich habe, seit wir uns nicht sahen, ein gutes Stück Erde kennengelernt.«

Und er begann, während er neben mir ein Glas Sorbetto schlürfte, zu erzählen, wie er diese Jahre verbracht hatte: auf Reisen, immer auf Reisen. Er hatte in den Tiroler Bergen gestreift, hatte ganz Italien langsam durchmessen, war von Sizilien nach Afrika gegangen und sprach von Algier, Tunis, Ägypten.

»Schließlich bin ich einige Zeit in Deutschland gewesen«, sagte er, »in Karlsruhe; meine Eltern wünschten dringend, mich zu sehen, und haben mich nur ungern wieder ziehen lassen. Jetzt bin ich seit einem Vierteljahre wieder in Italien. Ich fühle mich im Süden zu Hause, weißt du. Rom gefällt mir über alle Maßen! . . .«

Ich hatte ihn noch mit keinem Worte nach seinem Befinden gefragt. Jetzt sagte ich:

»Aus alledem darf ich schließen, daß deine Gesundheit sich bedeutend gekräftigt hat?«

Er sah mich einen Augenblick fragend an; dann erwiderte er:

»Du meinst, weil ich so munter umherwandere? Ach, ich will dir sagen: Das ist ein sehr natürliches Bedürfnis. Was willst du? Trinken, Rauchen und Lieben hat man mir verboten, – irgendein Narkotikum habe ich nötig, verstehst du?«

Da ich schwieg, fügte er hinzu:

»Seit fünf Jahren – *sehr* nötig.« –

Wir waren bei dem Punkte angelangt, den wir bis dahin vermieden hatten, und die Pause, die eintrat, redete von unserer beiderseitigen Ratlosigkeit. – Er saß gegen das Sammetpolster zurückgelehnt und blickte zum Kronleuchter empor. Dann sagte er plötzlich:

»Vor allem, – nicht wahr, du verzeihst mir, daß ich so lange nichts habe von mir hören lassen . . . Du verstehst das?«

»Gewiß!«

»Du bist über meine Münchener Erlebnisse orientiert?« fuhr er in beinahe hartem Tone fort.

»So vollkommen wie möglich. Und weißt du, daß ich mich die ganze Zeit mit einem Auftrag für dich getragen habe? Einem Auftrag von einer Dame?«
Seine müden Augen flammten kurz auf. Dann sagte er in demselben trockenen und scharfen Tone von vorher:
»Laß hören, ob es etwas Neues ist.«
»Neues kaum; nur eine Bekräftigung dessen, was du von ihr selbst schon gehört hast ...«
Und ich wiederholte ihm, inmitten der schwatzenden und gestikulierenden Menge, die Worte, die an jenem Abend die Baronesse zu mir gesprochen hatte.
Er lauschte, indem er sich langsam über die Stirne strich; dann sagte er ohne irgendein Zeichen von Bewegung:
»Ich danke dir.«
Sein Ton fing an, mich irrezumachen.
»Aber über diese Worte sind Jahre hingegangen«, sagte ich, »fünf lange Jahre, die sie und du, ihr beide durchlebt habt ... Tausend neue Eindrücke, Gefühle, Gedanken, Wünsche ...«
Ich brach ab, denn er richtete sich auf und sagte mit einer Stimme, in der wieder die Leidenschaft bebte, die ich einen Moment für erloschen gehalten hatte:
»*Ich – halte* diese Worte!«
Und in diesem Augenblick erkannte ich auf sei-

nem Gesicht und in seiner ganzen Haltung den Ausdruck wieder, den ich damals, als ich die Baronesse zum ersten Male sehen sollte, an ihm beobachtete: diese gewaltsame, krampfhaft angespannte Ruhe, die das Raubtier vor dem Sprunge zeigt.

Ich lenkte ab, und wir sprachen wieder von seinen Reisen, von den Studien, die er unterwegs gemacht. Es schienen nicht viele zu sein; er ließ sich ziemlich gleichgültig darüber aus.

Kurz nach Mitternacht erhob er sich.

»Ich möchte schlafen gehn oder doch allein sein ... Du findest mich morgen vormittag in der Galleria Doria. Ich kopiere mir Saraceni; ich habe mich in den musizierenden Engel verliebt. Sei so gut und komme hin. Ich bin sehr froh, daß du hier bist. Gute Nacht.«

Und er ging hinaus, – langsam, ruhig, mit schlaffen, trägen Bewegungen.

Während des ganzen nächsten Monats habe ich mit ihm die Stadt durchwandert; Rom, dies überschwenglich reiche Museum aller Kunst, diese moderne Großstadt im Süden, diese Stadt, die voll ist von lautem, raschem, heißem, sinnreichem Leben, und in die doch der warme Wind die schwüle Trägheit des Orients hinüberträgt.

Paolo's Benehmen blieb immer das gleiche. Er war meistens ernst und still und konnte zuweilen in eine schlaffe Müdigkeit versinken, um dann, während seine Augen aufblitzten, sich plötzlich zusammenzuraffen und ein ruhendes Gespräch mit Eifer fortzusetzen.

Ich muß eines Tages Erwähnung tun, an dem er einige Worte fallenließ, die erst jetzt die richtige Bedeutung für mich bekommen haben.

Es war an einem Sonntag. Wir hatten den wundervollen Spätsommertag für einen Spaziergang auf der Via Appia benutzt und rasteten nun, nachdem wir die antike Straße weit hinaus verfolgt hatten, auf jenem kleinen, zypressenumstandenen Hügel, von dem aus man einen entzückenden Blick auf die sonnige Campagna mit dem großen Aquädukt und auf die Albanerberge genießt, die ein weicher Dunst umhüllt.

Paolo ruhte halb liegend, das Kinn in die Hand gestützt, neben mir auf dem warmen Grasboden und blickte mit müden, verschleierten Augen in die Ferne. Dann war es wieder einmal jenes plötzliche Aufraffen aus völliger Apathie, mit dem er sich an mich wandte:

»Diese Luftstimmung! – Die Luftstimmung ist das Ganze!«

Ich erwiderte etwas Beistimmendes, und es war wieder still. Und da plötzlich, ohne jeden Übergang, sagte er, indem er mir mit einer gewissen Eindringlichkeit das Gesicht zuwandte:

»Sag mal, ist es dir eigentlich nicht aufgefallen, daß ich immer noch am Leben bin?«

Ich schwieg betroffen, und er blickte wieder mit einem nachdenklichen Ausdruck in die Ferne.

»Mir – ja«, fuhr er langsam fort. »Ich wundere mich im Grunde jeden Tag darüber. Weißt du eigentlich, wie es um mich steht? – Der französische Doktor in Algier sagte zu mir: ›Der Teufel begreife, wie Sie noch immer umherreisen mögen! Ich rate Ihnen, fahren Sie nach Hause und legen Sie sich ins Bett!‹ Er war immer so geradezu, weil wir jeden Abend zusammen Domino spielten.

Ich lebe doch noch immer. Ich bin beinahe täglich am Ende. Ich liege abends im Dunkeln, – auf der rechten Seite, wohlgemerkt! – Das Herz klopft mir bis in den Hals, es schwindelt mir, daß mir der Angstschweiß ausbricht, und dann plötzlich ist es, als ob der Tod mich anrührte. Es ist für einen Augenblick; als stehe alles still in mir, der Herzschlag setzt aus, die Atmung versagt. Ich fahre auf, ich mache Licht, ich atme tief auf, blicke um mich, verschlinge die Gegenstände mit meinen Blicken. Dann trinke ich einen Schluck Wasser und lege mich wieder zurück; immer auf die rechte Seite! Allmählich schlafe ich ein.

Ich schlafe sehr tief und sehr lange, denn ich bin eigentlich immer todmüde. Glaubst du, daß ich, wenn ich wollte, mich hier einfach hinlegen könnte und sterben?

Ich glaube, daß ich in diesen Jahren tausendmal schon den Tod von Angesicht zu Angesicht gesehen habe. Ich bin nicht gestorben. – Mich hält etwas. – Ich fahre auf, ich denke an etwas, ich klammere mich an einen Satz, den ich mir zwanzigmal wiederhole, während meine Augen gierig alles Licht und Leben um mich her einsaugen ... Verstehst du mich?«

Er lag regungslos und schien kaum eine Antwort zu erwarten. Ich weiß nicht mehr, was ich ihm erwiderte; aber ich werde niemals den Eindruck vergessen, den seine Worte auf mich machten.

Und nun jener Tag – oh, mir ist, als hätte ich ihn gestern erlebt!

Es war einer der ersten Herbsttage, jener grauen, unheimlich warmen Tage, an denen der feuchte, beklemmende Wind aus Afrika durch die Straßen geht und abends der ganze Himmel unaufhörlich im Wetterleuchten zuckt.

Am Morgen trat ich bei Paolo ein, um ihn zu einem Ausgange abzuholen. Sein großer Koffer stand inmitten des Zimmers, Schrank und Kommode waren weit offen; seine Aquarellskizzen aus dem Orient und der Gipsabguß des vatikanischen Junokopfes waren noch an ihren Plätzen.

Er selbst stand hochaufgerichtet am Fenster und ließ nicht ab, unbeweglich hinauszublicken, als ich mit einem erstaunten Ausruf stehen blieb. Dann wandte er sich kurz, streckte mir einen Brief hin und sagte nichts als:

»Lies.«

Ich sah ihn an. Auf diesem schmalen, geblichen Krankengesicht mit den schwarzen, fiebernden Augen lag ein Ausdruck, wie ihn sonst nur der Tod hervorzubringen vermag, ein ungeheurer Ernst, der mich die Augen auf den Brief niederschlagen ließ, den ich entgegengenommen hatte. Und ich las:

»Hochgeehrter Herr Hofmann!

Der Liebenswürdigkeit Ihrer werten Eltern, an die ich mich wandte, verdanke ich die Kenntnis Ihrer Adresse und hoffe nun, daß Sie diese Zeilen freundlich aufnehmen werden.

Gestatten Sie mir, hochgeehrter Herr Hofmann, die Versicherung, daß ich während dieser fünf Jahre stets mit dem Gefühl aufrichtiger Freundschaft Ihrer gedacht habe. Müßte ich annehmen, daß Ihre plötzliche Abreise an jenem für Sie *und* mich so schmerzlichen Tage *Zorn* gegen mich und die Meinen bekunden sollte, so wäre meine Betrübnis darüber noch größer als das Erschrecken und tiefe Erstaunen, das ich empfand, als Sie bei mir um die Hand meiner Tochter anhielten.

Ich habe damals zu Ihnen gesprochen als ein Mann zum andern, habe Ihnen offen und ehrlich, auf die Gefahr hin, brutal zu erscheinen, den Grund mitgeteilt, warum ich einem Manne, den ich – ich kann es nicht genug betonen – in jeder Beziehung so überaus hochschätze, die Hand meiner Tochter versagen mußte, und ich habe als Vater zu Ihnen gesprochen, der das *dauernde* Glück seines einzigen Kindes im

Auge hat und der das Aufkeimen von Wünschen der bewußten Art auf beiden Seiten gewissenhaft vereitelt hätte, wenn ihm jemals der Gedanke an ihre Möglichkeit gekommen wäre!
In den gleichen Eigenschaften, mein verehrter Herr Hofmann, spreche ich auch heute zu Ihnen: als Freund und als Vater. – Fünf Jahre sind seit Ihrer Abreise verflossen, und hatte ich bis dahin noch nicht Muße genug zu der Erkenntnis gehabt, wie tief die Neigung, die Sie meiner Tochter einzuflößen vermochten, in ihr Wurzel gefaßt hat, so ist kürzlich ein Ereignis eingetreten, das mir völlig darüber die Augen öffnen mußte. Warum sollte ich es Ihnen verschweigen, daß meine Tochter im Gedanken an Sie die Hand eines ausgezeichneten Mannes ausgeschlagen hat, dessen Werbung ich als Vater nur dringend befürworten konnte?
An den Gefühlen und Wünschen meiner Tochter sind die Jahre machtlos vorübergegangen, und sollte – dies ist eine offene und bescheidene Frage! – bei Ihnen, hochgeehrter Herr Hofmann, das gleiche der Fall sein, so erkläre ich Ihnen hiermit, daß wir Eltern dem Glücke unsres Kindes fernerhin nicht im Wege stehen wollen.
Ich sehe Ihrer Antwort entgegen, für die ich Ihnen, wie sie auch lauten möge, überaus dankbar sein werde, und habe diesen Zeilen nichts hinzuzufügen als den Ausdruck meiner vollsten Hochachtung.
Ergebenst *Oskar Freiherr von Stein.*«

– Ich blickte auf. Er hatte die Hände auf den Rücken gelegt und sich wieder dem Fenster zugewandt. Ich fragte nichts als:

»Du reist?«

Und ohne mich anzusehen, erwiderte er:

»Bis morgen früh müssen meine Sachen bereit sein.«

Der Tag verging mit Besorgungen und Kofferpakken, wobei ich ihm behilflich war, und abends machten wir auf meinen Vorschlag einen letzten Spaziergang durch die Straßen der Stadt.

Es war noch jetzt fast unerträglich schwül, und der Himmel zuckte jede Sekunde in jähem Phosphorlichte auf. – Paolo schien ruhig und ermüdet; aber er atmete tief und schwer.

Schweigend oder in gleichgültigen Gesprächen waren wir wohl eine Stunde umhergewandert, als wir vor der Fontana Trevi stehenblieben, jenem berühmten Brunnen, der das dahineilende Gespann des Meergottes zeigt.

Wir betrachteten wieder einmal lange und mit Bewunderung diese prächtig schwungvolle Gruppe, die, unaufhörlich von grellblauem Leuchten umspielt, einen nahezu zauberhaften Eindruck machte.

Mein Begleiter sagte:

»Gewiß, Bernini entzückt mich auch noch in den Werken seiner Schüler. Ich begreife seine Feinde nicht. – Freilich, wenn das Jüngste Gericht mehr gehauen als gemalt ist, so sind Berninis Werke sämtlich mehr gemalt als gehauen. Aber gibt es einen größeren Dekorateur?«

»Weißt du eigentlich«, fragte ich, »was für eine Bewandtnis es mit dem Brunnen hat? Wer beim Abschied von Rom daraus trinkt, der kehrt zurück. Hier hast du mein Reiseglas –« und ich füllte es an einem der Wasserstrahlen –, »du sollst dein Rom wiedersehen!«

Er nahm das Glas und führte es an die Lippen. In diesem Augenblick flammte der ganze Himmel in einem blendenden, lang anhaltenden Feuerscheine auf, und klirrend sprang das dünne Gefäßchen am Rande des Bassins in Scherben.

Paolo trocknete mit dem Taschentuch das Wasser an seinem Anzug.

»Ich bin nervös und ungeschickt«, sagte er. »Gehen wir weiter. Hoffentlich war das Glas nichts wert.«

Am nächsten Morgen hatte sich das Wetter aufgeklärt. Ein lichtblauer Sommerhimmel lachte über uns, als wir zum Bahnhof fuhren.

Der Abschied war kurz. Paolo schüttelte schweigend meine Hand, als ich ihm Glück wünschte, viel Glück.

Ich sah ihm lange nach, wie er hochaufgerichtet an dem breiten Aussichtsfenster stand. Tiefer Ernst lag in seinen Augen – und Triumph.

Was habe ich noch zu sagen? – Er ist tot; gestorben am Morgen nach der Hochzeitsnacht, – beinahe in der Hochzeitsnacht.

Es mußte so sein. War es nicht der Wille, der Wille zum Glück allein, mit dem er so lange den Tod bezwungen hatte? Er mußte sterben, ohne Kampf und Widerstand sterben, als seinem Willen zum Glück Genüge geschehen war; er hatte keinen Vorwand mehr, zu leben.
Ich habe mich gefragt, ob er schlecht gehandelt, bewußt schlecht an der, welcher er sich verband. Aber ich habe sie gesehen bei seinem Begräbnis, als sie zu Häupten seines Sarges stand; und ich habe auch in ihrem Antlitz den Ausdruck erkannt, den ich auf seinem gefunden: den feierlichen und starken Ernst des Triumphes.

TRISTAN

I

Hier ist ›Einfried‹, das Sanatorium! Weiß und geradlinig liegt es mit seinem langgestreckten Hauptgebäude und seinem Seitenflügel inmitten des weiten Gartens, der mit Grotten, Laubengängen und kleinen Pavillons aus Baumrinde ergötzlich ausgestattet ist, und hinter seinen Schieferdächern ragen tannengrün, massig und weich zerklüftet die Berge himmelan.

Nach wie vor leitet Doktor Leander die Anstalt. Mit seinem zweispitzigen schwarzen Bart, der hart und kraus ist wie das Roßhaar, mit dem man die Möbel stopft, seinen dicken, funkelnden Brillengläsern und diesem Aspekt eines Mannes, den die Wissenschaft gekältet, gehärtet und mit stillem, nachsichtigem Pessimismus erfüllt hat, hält er auf kurz angebundene und verschlossene Art die Leidenden in seinem Bann, – alle diese Individuen, die, zu schwach, sich selbst Gesetze zu geben und sie zu halten ihm ihr Vermögen ausliefern, um sich von seiner Strenge stützen lassen zu dürfen.

Was Fräulein von Osterloh betrifft, so steht sie mit unermüdlicher Hingabe dem Haushalte vor. Mein Gott, wie tätig sie, treppauf und treppab, von einem

Ende der Anstalt zum anderen eilt! Sie herrscht in Küche und Vorratskammer, sie klettert in den Wäscheschränken umher, sie kommandiert die Dienerschaft und bestellt unter den Gesichtspunkten der Sparsamkeit, der Hygiene, des Wohlgeschmacks und der äußeren Anmut den Tisch des Hauses, sie wirtschaftet mit einer rasenden Umsicht, und in ihrer extremen Tüchtigkeit liegt ein beständiger Vorwurf für die gesamte Männerwelt verborgen, von der noch niemand darauf verfallen ist, sie heimzuführen. Auf ihren Wangen aber glüht in zwei runden, karmoisinroten Flecken die unauslöschliche Hoffnung, dereinst Frau Doktor Leander zu werden . . .

Ozon und stille, stille Luft . . . für Lungenkranke ist ›Einfried‹, was Doktor Leanders Neider und Rivalen auch sagen mögen, aufs wärmste zu empfehlen. Aber es halten sich nicht nur Phthisiker, es halten sich Patienten aller Art, Herren, Damen und sogar Kinder hier auf: Doktor Leander hat auf den verschiedensten Gebieten Erfolge aufzuweisen. Es gibt hier gastrisch Leidende, wie die Magistratsrätin Spatz, die überdies an den Ohren krankt, Herrschaften mit Herzfehlern, Paralytiker, Rheumatiker und Nervöse in allen Zuständen. Ein diabetischer General verzehrt hier unter immerwährendem Murren seine Pension. Mehrere Herren mit entfleischten Gesichtern werfen auf jene unbeherrschte Art ihre Beine, die nichts Gutes bedeutet. Eine fünfzigjährige Dame, die Pastorin Höhlenrauch, die neunzehn Kinder zur Welt gebracht hat und absolut keines Gedankens mehr fähig ist, gelangt dennoch nicht zum Frieden, sondern irrt, von einer blöden Unrast getrieben, seit einem Jahre bereits am Arm ihrer Privatpflegerin starr und stumm, ziellos und unheimlich durch das ganze Haus.

Dann und wann stirbt jemand von den ›Schweren‹, die in ihren Zimmern liegen und nicht zu den Mahlzeiten noch im Konversationszimmer erscheinen, und niemand, selbst der Zimmernachbar nicht, erfährt etwas davon. In stiller Nacht wird der wächserne Gast beiseite geschafft, und ungestört nimmt das Treiben in ›Einfried‹ seinen Fortgang, das Massieren, Elektrisieren und Injizieren, das Duschen, Baden, Turnen, Schwitzen und Inhalieren in den verschiedenen mit allen Errungenschaften der Neuzeit ausgestatteten Räumlichkeiten . . .

Ja, es geht lebhaft zu hierselbst. Das Institut steht in Flor. Der Portier, am Eingange des Seitenflügels rührt die große Glocke, wenn neue Gäste eintreffen, und in aller Form geleitet Doktor Leander, zusammen mit Fräulein von Osterloh, die Abreisenden zum Wagen. Was für Existenzen hat ›Einfried‹ nicht schon beherbergt! Sogar ein Schriftsteller ist da ein exzentrischer Mensch, der den Namen irgendeines Minerals oder Edelsteines führt und hier dem Herrgott die Tage stiehlt . . .

Übrigens ist, neben Herrn Doktor Leander, noch

ein zweiter Arzt vorhanden, für die leichten Fälle und die Hoffnungslosen. Aber er heißt Müller und ist überhaupt nicht der Rede wert.

II

Anfang Januar brachte Großkaufmann Klöterjahn – in Firma A. C. Klöterjahn & Comp. – seine Gattin nach ›Einfried‹; der Portier rührte die Glocke, und Fräulein von Osterloh begrüßte die weither gereisten Herrschaften im Empfangszimmer zu ebener Erde, das, wie beinahe das ganze vornehme alte Haus, in wunderbar reinem Empirestil eingerichtet war. Gleich darauf erschien auch Doktor Leander; er verbeugte sich, und es entspann sich eine erste, für beide Teile orientierende Konversation.

Draußen lag der winterliche Garten mit Matten über den Beeten, verschneiten Grotten und vereinsamten Tempelchen, und zwei Hausknechte schleppten vom Wagen her, der auf der Chaussee vor der Gatterpforte hielt – denn es führte keine Anfahrt zum Hause –, die Koffer der neuen Gäste herbei.

»Langsam, Gabriele, take care, mein Engel, und halte den Mund zu«, hatte Herr Klöterjahn gesagt, als er seine Frau durch den Garten führte; und in dieses »take care« mußte zärtlichen und zitternden

Herzens jedermann innerlich einstimmen, der sie erblickte, – wenn auch nicht zu leugnen ist, daß Herr Klöterjahn es anstandslos auf deutsch hätte sagen können.
Der Kutscher, welcher die Herrschaften von der Station zum Sanatorium gefahren hatte, ein roher, unbewußter Mann ohne Feingefühl, hatte geradezu die Zunge zwischen die Zähne genommen vor ohnmächtiger Behutsamkeit, während der Großkaufmann seiner Gattin beim Aussteigen behilflich war; ja, es hatte ausgesehen, als ob die beiden Braunen, in der stillen Frostluft qualmend, mit rückwärts gerollten Augen angestrengt diesen ängstlichen Vorgang verfolgten, voll Besorgnis für soviel schwache Grazie und zarten Liebreiz.
Die junge Frau litt an der Luftröhre, wie ausdrücklich in dem anmeldenden Schreiben zu lesen stand, das Herr Klöterjahn vom Strande der Ostsee aus an den dirigierenden Arzt von ›Einfried‹ gerichtet hatte, und Gott sei Dank, daß es nicht die Lunge war! Wenn es aber dennoch die Lunge gewesen wäre, – diese neue Patientin hätte keinen holderen und veredelteren, keinen entrückteren und unstofflicheren Anblick gewähren können als jetzt, da sie an der Seite ihres stämmigen Gatten, weich und ermüdet in den weißlackierten, gradlinigen Armsessel zurückgelehnt, dem Gespräche folgte.
Ihre schönen, blassen Hände, ohne Schmuck bis auf den schlichten Ehering, ruhten in den Schoßfalten

eines schweren und dunklen Tuchrockes, und sie trug eine silbergraue, anschließende Taille mit festem Stehkragen, die mit hochaufliegenden Sammetarabesken über und über besetzt war. Aber diese gewichtigen und warmen Stoffe ließen die unsägliche Zartheit, Süßigkeit und Mattigkeit des Köpfchens nur noch rührender, unirdischer und lieblicher erscheinen. Ihr lichtbraunes Haar, tief im Nacken zu einem Knoten zusammengefaßt, war glatt zurückgestrichen, und nur in der Nähe der rechten Schläfe fiel eine krause, lose Locke in die Stirn, unfern der Stelle, wo über der markant gezeichneten Braue ein kleines, seltsames Äderchen sich blaßblau und kränklich in der Klarheit und Makellosigkeit dieser wie durchsichtigen Stirn verzweigte. Dies blaue Äderchen über dem Auge beherrschte auf eine beunruhigende Art das ganze feine Oval des Gesichts. Es trat sichtbarer hervor, sobald die Frau zu sprechen begann, ja, sobald sie auch nur lächelte, und es gab alsdann dem Gesichtsausdruck etwas Angestrengtes, ja selbst Bedrängtes, was unbestimmte Befürchtungen erweckte. Dennoch sprach sie und lächelte. Sie sprach freimütig und freundlich mit ihrer leicht verschleierten Stimme, und sie lächelte mit ihren Augen, die ein wenig mühsam blickten, ja hie und da eine kleine Neigung zum Verschießen zeigten, und deren Winkel, zu beiden Seiten der schmalen Nasenwurzel, in tiefem Schatten lagen, sowie mit ihrem schönen, breiten Munde, der blaß war und dennoch zu leuchten schien, vielleicht, weil seine Lippen so überaus scharf und deutlich umrissen waren. Manchmal hüstelte sie. Hierbei führte sie ihr Taschentuch zum Munde und betrachtete es alsdann.

»Hüstle nicht, Gabriele«, sagte Herr Klöterjahn. »Du weißt, daß Doktor Hinzpeter zu Hause es dir extra verboten hat, darling, und es ist bloß, daß man sich zusammennimmt, mein Engel. Es ist, wie gesagt, die Luftröhre«, wiederholte er. »Ich glaubte wahrhaftig, es wäre die Lunge, als es losging, und kriegte, weiß Gott, einen Schreck. Aber es ist nicht die Lunge, nee, Deubel noch mal, auf so was lassen wir uns nicht ein, was, Gabriele? hö, hö!«

»Zweifelsohne«, sagte Doktor Leander und funkelte sie mit seinen Brillengläsern an.

Hierauf verlangte Herr klöterjahn Kaffee, – Kaffee und Buttersemmeln, und er hatte eine anschauliche Art, den K-Laut ganz hinten im Schlunde zu bilden und »Bottersemmeln« zu sagen, daß jedermann Appetit bekommen mußte.

Er bekam, was er wünschte, bekam auch Zimmer für sich und seine Gattin, und man richtete sich ein.

Übrigens übernahm Doktor Leander selbst die Behandlung, ohne Doktor Müller für den Fall in Anspruch zu nehmen.

III

Die Persönlichkeit der neuen Patientin erregte ungewöhnliches Aufsehen in ›Einfried‹, und Herr Klöterjahn, gewöhnt an solche Erfolge, nahm jede Huldigung, die man ihr darbrachte, mit Genugtuung entgegen. Der diabetische General hörte einen Augenblick zu murren auf, als er ihrer zum ersten Male ansichtig wurde, die Herren mit den entfleischten Gesichtern lächelten und versuchten angestrengt, ihre Beine zu beherrschen, wenn sie in ihre Nähe kamen, und die Magistratsrätin Spatz schloß sich ihr sofort als ältere Freundin an. Ja, sie machte Eindruck, die Frau, die Herrn Klöterjahns Namen trug! Ein Schriftsteller, der seit ein paar Wochen in ›Einfried‹ seine Zeit verbrachte, ein befremdender Kauz, dessen Name wie der eines Edelsteines lautete, verfärbte sich geradezu, als sie auf dem Korridor an ihm vorüberging, blieb stehen und stand noch immer wie angewurzelt, als sie schon längst entschwunden war.

Zwei Tage waren noch nicht vergangen, als die ganze Kurgesellschaft mit ihrer Geschichte vertraut war. Sie war aus Bremen gebürtig, was übrigens, wenn sie sprach, an gewissen liebenswürdigen Lautverzerrungen zu erkennen war, und hatte dortselbst vor zwiefacher Jahresfrist dem Großhändler Klöterjahn ihr Jawort fürs Leben erteilt. Sie war ihm in seine Vaterstadt, dort oben am Ostseestrande, gefolgt und hatte ihm vor nun etwas zehn Monaten unter ganz außergewöhnlich schweren und gefährlichen Umständen ein Kind, einen bewundernswert lebhaften und wohlgeratenen Sohn und Erben beschert. Seit diesen furchtbaren Tagen aber war sie nicht wieder zu Kräften gekommen, gesetzt, daß sie jemals bei Kräften gewesen war. Sie war kaum vom Wochenbette erstanden, äußerst erschöpft, äußerst verarmt an Lebenskräften, als sie beim Husten ein wenig Blut aufgebracht hatte, – oh, nicht viel, ein unbedeutendes bißchen Blut; aber es wäre doch besser überhaupt nicht zum Vorschein gekommen, und das Bedenkliche war, daß derselbe kleine unheimliche Vorfall sich nach kurzer Zeit wiederholte. Nun, es gab Mittel hiergegen, und Doktor Hinzpeter, der Hausarzt, bediente sich ihrer. Vollständige Ruhe wurde geboten, Eisstückchen wurden geschluckt, Morphium ward gegen den Hustenreiz verabfolgt und das Herz nach Möglichkeit beruhigt. Die Genesung aber wollte sich nicht einstellen, und während das Kind, Anton Klöterjahn der Jüngere, ein Prachtstück von einem Baby, mit ungeheurer Energie und Rücksichtslosigkeit seinen Platz im Leben eroberte und behauptete, schien die junge Mutter in einer sanften und stillen Glut dahinzuschwinden ... Es war, wie gesagt, die Luftröhre, ein Wort, das in Doktor Hinzpeters Munde eine überraschend tröstliche, beruhigende, fast erheiternde Wirkung auf alle Gemüter ausübte. Aber

obgleich es nicht die Lunge war, hatte der Doktor schließlich den Einfluß eines milderen Klimas und des Aufenthaltes in einer Kuranstalt zur Beschleunigung der Heilung als dringend wünschenswert erachtet, und der Ruf des Sanatoriums ›Einfried‹ und seines Leiters hatte das übrige getan.
So verhielt es sich; und Herr Klöterjahn selbst erzählte es jedem, der Interesse dafür an den Tag legte. Er redete laut, salopp und gutgelaunt, wie ein Mann, dessen Verdauung sich in so guter Ordnung befindet wie seine Börse, mit weit ausladenden Lippenbewegungen, in der breiten und dennoch rapiden Art der Küstenbewohner vom Norden. Manche Worte schleuderte er hervor, daß jeder Laut einer kleinen Entladung glich, und lachte darüber wie über einen gelungenen Spaß.
Er war mittelgroß, breit, stark und kurzbeinig und besaß ein volles, rotes Gesicht mit wasserblauen Augen, die von ganz hellblonden Wimpern beschattet waren, geräumigen Nüstern und feuchten Lippen. Er trug einen englischen Backenbart, war ganz englisch gekleidet und zeigte sich entzückt, eine englische Familie, Vater, Mutter und drei hübsche Kinder mit ihrer nurse, in ›Einfried‹ anzutreffen, die sich hier aufhielt, einzig und allein, weil sie nicht wußte, wo sie sich sonst aufhalten sollte, und mit der er morgens englisch frühstückte. Überhaupt liebte er es, viel und gut zu speisen und zu trinken, zeigte sich als ein wirklicher Kenner von Küche und

Keller und unterhielt die Kurgesellschaft aufs anregendste von den Diners, die daheim in seinem Bekanntenkreise gegeben wurden, sowie mit der Schilderung gewisser auserlesener, hier unbekannter Platten. Hierbei zogen seine Augen sich mit freundlichem Ausdruck zusammen und seine Sprache erhielt etwas Gaumiges und Nasales, indes leicht schmatzende Geräusche im Schlunde sie begleiteten. Daß er auch anderen irdischen Freuden nicht grundsätzlich abhold war, bewies er an jenem Abend, als ein Kurgast von ›Einfried‹, ein Schriftsteller von Beruf, ihn auf dem Korridor in ziemlich unerlaubter Weise mit einem Stubenmädchen scherzen sah, – ein kleiner, humoristischer Vorgang, zu dem der betreffende Schriftsteller eine lächerlich angeekelte Miene machte.

Was Herrn Klöterjahns Gattin anging, so war klar und deutlich zu beobachten, daß sie ihm von Herzen zugetan war. Sie folgte lächelnd seinen Worten und Bewegungen: nicht mit der überheblichen Nachsicht, die manche Leidenden den Gesunden entgegenbringen, sondern mit der liebenswürdigen Freude und Teilnahme gutgearteter Kranker an den zuversichtlichen Lebensäußerungen von Leuten, die in ihrer Haut sich wohlfühlen.

Herr Klöterjahn verweilte nicht lange in ›Einfried‹. Er hatte seine Gattin hierher geleitet; nach Verlauf einer Woche aber, als er sie wohl aufgehoben und in guten Händen wußte, war seines Bleibens nicht länger. Pflichten von gleicher Wichtigkeit, sein blühendes Kind, sein ebenfalls blühendes Geschäft, riefen ihn in die Heimat zurück; sie zwangen ihn, abzureisen und seine Frau im Genusse der besten Pflege zurückzulassen.

IV

Spinell hieß der Schriftsteller, der seit mehreren Wochen in ›Einfried‹ lebte, Detlev Spinell war sein Name, und sein Äußeres war wunderlich.

Man vergegenwärtige sich einen Brünetten am Anfang der Dreißiger und von stattlicher Statur, dessen Haar an den Schläfen schon merklich zu ergrauen beginnt, dessen rundes, weißes, ein wenig gedunsenes Gesicht aber nicht die Spur irgendeines Bartwuchses zeigt. Es war nicht rasiert, – man hätte es gesehen; weich, verwischt und knabenhaft, war es nur hier und da mit einzelnen Flaumhärchen besetzt. Und das sah ganz merkwürdig aus. Der Blick seiner rehbraunen, blanken Augen war von sanftem Ausdruck, die Nase gedrungen und ein wenig zu fleischig. Ferner besaß Herr Spinell eine gewölbte, poröse Oberlippe römischen Charakters, große, kariöse Zähne und Füße von seltenem Umfange. Einer der Herren mit den unbeherrschten Beinen, der ein Zyniker und Witzbold war, hatte ihn hinter seinem Rücken »der verweste Säugling« getauft; aber das war hämisch und wenig zutreffend. – Er ging gut und modisch gekleidet, in langem schwarzen Rock und farbig punktierter Weste.

Er war ungesellig und hielt mit keiner Seele Gemeinschaft. Nur zuweilen konnte eine leutselige, liebevolle und überquellende Stimmung ihn befallen, und das geschah jedesmal, wenn Herr Spinell in ästhetischen Zustand verfiel, wenn der Anblick von irgend etwas Schönem, der Zusammenklang zweier Farben, eine Vase von edler Form, das vom Sonnenuntergang bestrahlte Gebirge ihn zu lauter Bewunderung hinriß. »Wie schön!« sagte er dann, indem er den Kopf auf die Seite legte, die Schultern emporzog, die Hände spreizte und Nase und Lippen krauste. »Gott, sehen Sie, wie schön!« Und er war imstande, blindlings die distinguiertesten Herrschaften, ob Mann oder Weib, zu umhalsen in der Bewegung solcher Augenblicke . . .

Beständig lag auf seinem Tische, für jeden sichtbar, der sein Zimmer betrat, das Buch, das er geschrieben hatte. Es war ein Roman von mäßigem Umfange, mit einer vollkommen verwirrenden Umschlagzeichnung versehen und gedruckt auf einer Art von Kaffeesiebpapier mit Buchstaben, von denen ein jeder aussah wie eine gotische Kathedrale. Fräulein von Osterloh hatte es in einer müßigen Viertelstunde gelesen und fand es »raffiniert«, was ihre Form war, das Urteil »unmenschlich langweilig« zu umschreiben. Es spielte in mondänen Salons, in üppigen Frauengemächern, die voller erlesener Gegenstände waren, voll von Gobelins, uralten Meubles, köstlichem Porzellan, unbezahlbaren Stoffen und künstlerischen Kleinodien aller Art. Auf die Schilderung dieser Dinge war der liebevollste Wert gelegt, und beständig sah man dabei Herrn Spinell, wie er die Nase kraus zog und sagte: »Wie schön! Gott, sehen Sie, wie schön!« ... Übrigens mußte es wundernehmen, daß er noch nicht mehr Bücher verfaßt hatte als dieses eine, denn augenscheinlich schrieb er mit Leidenschaft. Er verbrachte den größeren Teil des Tages schreibend auf seinem Zimmer und ließ außerordentlich viele Briefe zur Post befördern, fast täglich einen oder zwei, – wobei es nur als befremdend und belustigend auffiel, daß er seinerseits höchst selten welche empfing ...

V

Herr Spinell saß der Gattin Herrn Klöterjahns bei Tische gegenüber. Zur ersten Mahlzeit, an der die Herrschaften teilnahmen, erschien er ein wenig zu spät in dem großen Speisesaal im Erdgeschoß des Seitenflügels, sprach mit weicher Stimme einen an alle gerichteten Gruß und begab sich an seinen Platz, worauf Doktor Leander ihn ohne viel Zeremonie den neu Angekommenen vorstellte. Er verbeugte sich und begann dann, offenbar ein wenig verlegen, zu essen, indem er Messer und Gabel mit seinen großen, weißen und schön geformten Händen, die aus sehr engen Ärmeln hervorsahen, in ziemlich affektierter Weise bewegte. Später ward er frei und betrachtete in Gelassenheit abwechselnd Herrn Klöterjahn und seine Gattin. Auch richtete Herr Klöterjahn im Verlaufe der Mahlzeit einige Fragen und Bemerkungen betreffend die Anlage und das Klima von ›Einfried‹ an ihn, in die seine Frau in ihrer lieblichen Art zwei oder drei Worte einfließen ließ, und die Herr Spinell höflich beantwortete. Seine Stimme war mild und recht angenehm; aber er hatte eine etwas behinderte und schlürfende Art zu sprechen, als seien seine Zähne der Zunge im Wege.

Nach Tische, als man ins Konversationszimmer hinübergegangen war und Doktor Leander den neuen Gästen im besonderen eine gesegnete Mahlzeit wünschte, erkundigte sich Herrn Klöterjahns Gattin nach ihrem Gegenüber.

»Wie heißt der Herr?« fragte sie ... »Spinelli? Ich habe den Namen nicht verstanden.«

»Spinell ... nicht Spinelli, gnädige Frau. Nein, er ist kein Italiener, sondern bloß aus Lemberg gebürtig, soviel ich weiß ...«

»Was sagten Sie? Er ist Schriftsteller? Oder was?« fragte Herr Klöterjahn; er hielt die Hände in den

Taschen seiner bequemen englischen Hose, neigte sein Ohr dem Doktor zu und öffnete, wie manche Leute pflegen, den Mund beim Horchen.

»Ja, ich weiß nicht, – er schreibt ...«, antwortete Doktor Leander. »Er hat, glaube ich, ein Buch veröffentlicht, eine Art Roman, ich weiß wirklich nicht ...«

Dieses wiederholte »Ich weiß nicht« deutete an, daß Doktor Leander keine großen Stücke auf den Schriftsteller hielt und jede Verantwortung für ihn ablehnte.

»Aber das ist ja sehr interessant!« sagte Herrn Klöterjahns Gattin. Sie hatte noch nie einen Schriftsteller von Angesicht zu Angesicht gesehen.

»O ja«, erwiderte Doktor Leander entgegenkommend. »Er soll sich eines gewissen Rufes erfreuen ...« Dann wurde nicht mehr von dem Schriftsteller gesprochen.

Aber ein wenig später, als die neuen Gäste sich zurückgezogen hatten und Doktor Leander ebenfalls das Konversationszimmer verlassen wollte, hielt Herr Spinell ihn zurück und erkundigte sich auch seinerseits.

»Wie ist der Name des Paares?« fragte er ... »Ich habe natürlich nichts verstanden.«

»Klöterjahn«, antwortete Doktor Leander und ging schon wieder.

»*Wie* heißt der Mann?« fragte Herr Spinell ...

»*Klöterjahn* heißen sie!« sagte Doktor Leander und

ging seiner Wege. – Er hielt gar keine großen Stücke auf den Schriftsteller.

VI

Waren wir schon soweit, daß Herr Klöterjahn in die Heimat zurückgekehrt war? Ja, er weilte wieder am Ostseestrande, bei seinen Geschäften und seinem Kinde, diesem rücksichtslosen und lebensvollen kleinen Geschöpf, das seiner Mutter sehr viele Leiden und einen kleinen Defekt an der Luftröhre gekostet hatte. Sie selbst aber, die junge Frau, blieb in ›Einfried‹ zurück, und die Magistratsrätin Spatz schloß sich ihr als ältere Freundin an. Das aber hinderte nicht, daß Herrn Klöterjahns Gattin auch mit den übrigen Kurgästen gute Kameradschaft pflegte, zum Beispiel mit Herrn Spinell, der ihr zum Erstaunen aller (denn er hatte bislang mit keiner Seele Gemeinschaft gehalten) von Anbeginn eine außerordentliche Ergebenheit und Dienstfertigkeit entgegenbrachte, und mit dem sie in den Freistunden, die eine strenge Tagesordnung ihr ließ, nicht ungern plauderte.
Er näherte sich ihr mit einer ungeheuren Behutsamkeit und Ehrerbietung und sprach zu ihr nicht anders als mit sorgfältig gedämpfter Stimme, so daß die Rätin Spatz, die an den Ohren krankte, meistens überhaupt nichts von dem verstand, was er sagte. Er

trat auf den Spitzen seiner großen Füße zu dem Sessel, in dem Herrn Klöterjahns Gattin zart und lächelnd lehnte, blieb in einer Entfernung von zwei Schritten stehen, hielt das eine Bein zurückgestellt und den Oberkörper vorgebeugt und sprach in seiner etwas behinderten und schlürfenden Art leise, eindringlich und jeden Augenblick bereit, eilends zurückzutreten und zu verschwinden, sobald ein Zeichen von Ermüdung und Überdruß sich auf ihrem Gesicht bemerkbar machen würde. Aber er verdroß sie nicht; sie forderte ihn auf, sich zu ihr und der Rätin zu setzen, richtete irgendeine Frage an ihn und hörte ihm dann lächelnd und neugierig zu, denn manchmal ließ er sich so amüsant und seltsam vernehmen, wie es ihr noch niemals begegnet war.

»Warum sind Sie eigentlich in ›Einfried‹?« fragte sie. »Welche Kur gebrauchen Sie, Herr Spinell?«

»Kur? . . . Ich werde ein bißchen elektrisiert. Nein, das ist nicht der Rede wert. Ich werde Ihnen sagen, gnädige Frau, warum ich hier bin. – Des Stiles wegen.«

»Ah!« sagte Herrn Klöterjahns Gattin, stützte das Kinn in die Hand und wandte sich ihm mit einem übertriebenen Eifer zu, wie man ihn Kindern vorspielt, wenn sie etwas erzählen wollen.

»Ja, gnädige Frau. ›Einfried‹ ist ganz empire, es ist ehedem ein Schloß, eine Sommerresidenz gewesen, wie man mir sagt. Dieser Seitenflügel ist ja ein

Anbau aus späterer Zeit, aber das Hauptgebäude ist alt und echt. Es gibt nun Zeiten, in denen ich das empire einfach nicht entbehren kann, in denen es mir, um einen bescheidenen Grad des Wohlbefindens zu erreichen, unbedingt nötig ist. Es ist klar, daß man sich anders befindet zwischen Möbeln weich und bequem bis zur Laszivität, und anders zwischen diesen geradlinigen Tischen, Sesseln und Draperien . . . Diese Helligkeit und Härte, diese kalte, herbe Einfachheit und reservierte Strenge verleiht mir Haltung und Würde, gnädige Frau, sie hat auf die Dauer eine innere Reinigung und Restaurierung zur Folge, sie hebt mich sittlich, ohne Frage . . .«

»Ja, das ist merkwürdig«, sagte sie. »Übrigens verstehe ich es, wenn ich mir Mühe gebe.«

Hierauf erwiderte er, daß es irgendwelcher Mühe nicht lohne, und dann lachten sie miteinander. Auch die Rätin Spatz lachte und fand es merkwürdig; aber sie sagte nicht, daß sie es verstünde.

Das Konversationszimmer war geräumig und schön. Die hohe, weiße Flügeltür zu dem anstoßenden Billardraume stand weit geöffnet, wo die Herren mit den unbeherrschten Beinen und andere sich vergnügten. Andererseits gewährte eine Glastür den Ausblick auf die breite Terrasse und den Garten. Seitwärts davon stand ein Piano. Ein grünausgeschlagener Spieltisch war vorhanden, an dem der diabetische General mit ein paar anderen Herren

Whist spielte. Damen lasen und waren mit Handarbeiten beschäftigt. Ein eiserner Ofen besorgte die Heizung,haber vor dem stilvollen Kamin, in dem nachgeahmte, mit glühroten Papierstreifen beklebte Kohlen lagen, waren behagliche Plauderplätze.

»Sie sind ein Frühaufsteher, Herr Spinell«, sagte Herrn Klöterjahns Gattin. »Zufällig habe ich Sie nun schon zwei- oder dreimal um halb acht Uhr am Morgen das Haus verlassen sehen.«

»Ein Frühaufsteher? Ach, sehr mit Unterschied, gnädige Frau. Die Sache ist die, daß ich früh aufstehe, weil ich eigentlich ein Langschläfer bin.«

»Das müssen Sie nun erklären, Herr Spinell!« – Auch die Rätin Spatz wollte es erklärt haben.

»Nun, . . . ist man ein Frühaufsteher, so hat man es, dünkt mich, nicht nötig, gar so früh aufzustehen. Das Gewissen, gnädige Frau, . . . es ist eine schlimme Sache mit dem Gewissen! Ich und meinesgleichen, wir schlagen uns zeit unseres Lebens damit herum und haben alle Hände voll zu tun, es hier und da zu betrügen und ihm kleine, schlaue Genugtuungen zuteil werden zu lassen. Wir sind unnütze Geschöpfe, ich und meinesgleichen, und abgesehen von wenigen guten Stunden schleppen wir uns an dem Bewußtsein unserer Unnützlichkeit wund und krank. Wir hassen das Nützliche, wir wissen, daß es gemein und unschön ist, und wir verteidigen diese Wahrheit, wie man nur Wahrheiten verteidigt, die man unbedingt nötig hat. Und dennoch sind wir so ganz vom bösen Gewissen zernagt, daß kein heiler Fleck mehr an uns ist. Hinzu kommt, daß die ganze Art unserer inneren Existenz, unsere Weltanschauung, unsere Arbeitsweise ... von schrecklich ungesunder, unterminierender, aufreibender Wirkung ist, und auch dies verschlimmert die Sache. Da gibt es nun kleine Linderungsmittel, ohne die man es einfach nicht aushielte. Eine gewisse Artigkeit und hygienische Strenge der Lebensführung zum Beispiel ist manchen von uns Bedürfnis. Früh aufstehen, grausam früh, ein kaltes Bad und ein Spaziergang hinaus in den Schnee ... Das macht, daß wir vielleicht eine Stunde lang ein wenig zufrieden mit uns sind. Gäbe ich mich, wie ich bin, so würde ich bis in den Nachmittag hinein im Bette liegen, glauben Sie mir. Wenn ich früh aufstehe, so ist das eigentlich Heuchelei.«

»Nein, weshalb, Herr Spinell! Ich nenne das Selbstüberwindung ... Nicht wahr, Frau Rätin?« – Auch die Rätin Spatz nannte es Selbstüberwindung.

»Heuchelei oder Selbstüberwindung, gnädige Frau! Welches Wort man nun vorzieht. Ich bin so gramvoll ehrlich veranlagt, daß ich ...«

»Das ist es. Sicher grämen Sie sich zuviel.«

»Ja, gnädige Frau, ich gräme mich viel.«

– Das gute Wetter hielt an. Weiß, hart und sauber, in Windstille und lichtem Frost, in blendender Helle und bläulichem Schatten lag die Gegend, lagen Berge, Haus und Garten, und ein zartblauer Himmel, in dem Myriaden von flimmernden Leuchtkörperchen, von glitzernden Kristallen zu tanzen schienen, wölbte sich makellos über dem Ganzen. Der Gattin Herrn Klöterjahns ging es leidlich in dieser Zeit; sie war fieberfrei, hustete fast gar nicht und aß ohne allzuviel Widerwillen. Oftmals saß sie, wie das ihre Vorschrift war, stundenlang im sonnigen Frost auf der Terrasse. Sie saß im Schnee, ganz in Decken und Pelzwerk verpackt, und atmete hoffnungsvoll die reine, eisige Luft, um ihrer Luftröhre zu dienen. Dann bemerkte sie zuweilen Herrn Spinell, wie er, ebenfalls warm gekleidet und in Pelzschuhen, die seinen Füßen einen phantastischen Umfang verliehen, sich im Garten erging. Er ging mit tastenden Schritten und einer gewissen behutsamen und steifgraziösen Armhaltung durch den Schnee, grüßte sie ehrerbietig, wenn er zur Terrasse kam, und stieg die unteren Stufen hinan, um ein kleines Gespräch zu beginnen.

»Heute, auf meinem Morgenspaziergang, habe ich eine schöne Frau gesehen . . . Gott, sie war schön!« sagte er, legte den Kopf auf die Seite und spreizte die Hände.

»Wirklich, Herr Spinell? Beschreiben Sie sie mir doch!«

»Nein, das kann ich nicht. Oder ich würde Ihnen doch ein unrichtiges Bild von ihr geben. Ich habe

die Dame im Vorübergehen nur mit einem halben Blicke gestreift, ich habe sie in Wirklichkeit nicht gesehen. Aber der verwischte Schatten von ihr, den ich empfing, hat genügt, meine Phantasie anzuregen und mich ein Bild mit fortnehmen zu lassen, das schön ist ... Gott, es ist schön!«
Sie lachte. »Ist das Ihre Art, sich schöne Frauen zu betrachten, Herr Spinell?«
»Ja, gnädige Frau; und es ist eine bessere Art, als wenn ich ihnen plump und wirklichkeitsgierig ins Gesicht starrte und den Eindruck einer fehlerhaften Tatsächlichkeit davontrüge ...«
»Wirklichkeitsgierig ... Das ist ein sonderbares Wort! Ein richtiges Schriftstellerwort, Herr Spinell! Aber es macht Eindruck auf mich, will ich Ihnen sagen. Es liegt so manches darin, wovon ich ein wenig verstehe, etwas Unabhängiges und Freies, das sogar der Wirklichkeit die Achtung kündigt, obgleich sie doch das Respektabelste ist, was es gibt, ja das Respektable selbst ... Und dann begreife ich, daß es etwas gibt außer dem Handgreiflichen, etwas Zarteres ...«
»Ich weiß nur ein Gesicht«, sagte er plötzlich mit einer seltsam freudigen Bewegung in der Stimme, erhob seine geballten Hände zu den Schultern und ließ in einem exaltierten Lächeln seine kariösen Zähne sehen ...« Ich weiß nur ein Gesicht, dessen veredelte Wirklichkeit durch meine Einbildung korrigieren zu wollen sündhaft wäre, das ich be-

trachten, auf dem ich verweilen möchte, nicht Minuten, nicht Stunden, sondern mein ganzes Leben lang, mich ganz darin verlieren und alles Irdische darüber vergessen . . .«

»Ja, ja, Herr Spinell. Nur daß Fräulein von Osterloh doch ziemlich abstehende Ohren hat.«

Er schwieg und verbeugte sich tief. Als er wieder aufrecht stand, ruhten seine Augen mit einem Ausdruck von Verlegenheit und Schmerz auf dem kleinen, seltsamen Äderchen, das sich blaßblau und kränklich in der Klarheit ihrer wie durchsichtigen Stirn verzweigte.

VII

Ein Kauz, ein ganz wunderlicher Kauz! Herrn Klöterjahns Gattin dachte zuweilen nach über ihn, denn sie hatte sehr viele Zeit zum Nachdenken. Sei es, daß der Luftwechsel anfing, die Wirkung zu versagen, oder daß irgendein positiv schädlicher Einfluß sie berührt hatte: ihr Befinden war schlechter geworden, der Zustand ihrer Luftröhre schien zu wünschen übrigzulassen, sie fühlte sich schwach, müde, appetitlos, fieberte nicht selten; und Doktor Leander hatte ihr aufs entschiedenste Ruhe, Stillverhalten und Vorsicht empfohlen. So saß sie, wenn sie nicht liegen mußte, in Gesellschaft der Rätin Spatz, verhielt sich still und hing, eine Handarbeit im

Schoße, an der sie nicht arbeitete, diesem oder jenem Gedanken nach.
Ja, er machte ihr Gedanken, dieser absonderliche Herr Spinell, und, was das Merkwürdige war, nicht sowohl über seine als über ihre eigene Person; auf irgendeine Weise rief er in ihr eine seltsame Neugier, ein nie gekanntes Interesse für ihr eigenes Sein hervor. Eines Tages hatte er gesprächsweise geäußert:
»Nein, es sind rätselvolle Tatsachen, die Frauen ... sowenig neu es ist, sowenig kann man ablassen, davor zu stehen und zu staunen. Da ist ein wunderbares Geschöpf, eine Sylphe, ein Duftgebild, ein Märchentraum von einem Wesen. Was tut sie? Sie geht hin und ergibt sich einem Jahrmarktsherkules oder Schlächterburschen. Sie kommt an seinem Arme daher, lehnt vielleicht sogar ihren Kopf an seine Schulter und blickt dabei verschlagen lächelnd um sich her, als wollte sie sagen: Ja, nun zerbrecht euch die Köpfe über diese Erscheinung! – Und wir zerbrechen sie uns.« –
Hiermit hatte Herrn Klöterjahns Gattin sich wiederholt beschäftigt.
Eines anderen Tages fand zum Erstaunen der Rätin Spatz folgendes Zwiegespräch zwischen ihnen statt.
»Darf ich einmal fragen, gnädige Frau (aber es ist wohl naseweis), wie Sie heißen, wie eigentlich Ihr Name ist?«

»Ich heiße doch Klöterjahn, Herr Spinell.«

»Hm. – Das weiß ich. Oder vielmehr: ich leugne es. Ich meine natürlich Ihren eigenen Namen, Ihren Mädchennamen. Sie werden gerecht sein und einräumen, gnädige Frau, daß, wer Sie ›Frau Klöterjahn‹ nennen wollte, die Peitsche verdiente.«

Sie lachte so herzlich, daß das blaue Äderchen über ihrer Braue beängstigend deutlich hervortrat und ihrem zarten, süßen Gesicht einen Ausdruck von Anstrengung und Bedrängnis verlieh, der tief beunruhigte.

»Nein! Bewahre, Herr Spinell! Die Peitsche? Ist ›Klöterjahn‹ Ihnen so fürchterlich?«

»Ja, gnädige Frau, ich hasse diesen Namen aus Herzensgrund, seit ich ihn zum erstenmal vernahm. Er ist komisch und zum Verzweifeln unschön, und es ist Barbarei und Niedertracht, wenn man die Sitte so weit treibt, auf Sie den Namen Ihres Herrn Gemahls zu übertragen.«

»Nun, und ›Eckhof‹? Ist Eckhof schöner? Mein Vater heißt Eckhof.«

»Oh, sehen Sie! ›Eckhof‹ ist etwas ganz anderes! Eckhof hieß sogar ein großer Schauspieler. Eckhof passiert. – Sie erwähnten nur Ihres Vaters. Ist Ihre Frau Mutter . . .«

»Ja; meine Mutter starb, als ich noch klein war.«

»Ah. – Sprechen Sie mir doch ein wenig mehr von Ihnen, darf ich Sie bitten? Wenn es Sie ermüdet, dann nicht. Dann ruhen Sie, und ich fahre fort,

Ihnen von Paris zu erzählen, wie neulich. Aber Sie könnten ja ganz leise reden, ja, wenn Sie flüstern, so wird das alles nur schöner machen ... Sie wurden in Bremen geboren?« Und diese Frage tat er beinahe tonlos, mit einem ehrfurchtsvollen und inhaltsschweren Ausdruck, als sei Bremen eine Stadt ohnegleichen, eine Stadt voller unnennbarer Abenteuer und verschwiegener Schönheiten, in der geboren zu sein eine geheimnisvolle Hoheit verleihe.

»Ja, denken Sie!« sagte sie unwillkürlich. »Ich bin aus Bremen.«

»Ich war einmal dort«, bemerkte er nachdenklich. –

»Mein Gott, Sie waren auch *dort?* Nein, hören Sie, Herr Spinell, zwischen Tunis und Spitzbergen haben Sie, glaube ich, alles gesehen!«

»Ja, ich war einmal dort«, wiederholte er. »Ein paar kurze Abendstunden. Ich entsinne mich einer alten, schmalen Straße, über deren Giebeln schief und seltsam der Mond stand. Dann war ich in einem Keller, in dem es nach Wein und Moder roch. Das ist eine durchdringende Erinnerung ...«

»Wirklich? Wo mag das gewesen sein? – Ja, in solchem grauen Giebelhause, einem alten Kaufmannshause mit hallender Diele und weißlackierter Galerie, bin ich geboren.«

»Ihr Herr Vater ist also Kaufmann?« fragte er ein wenig zögernd.

»Ja. Aber außerdem und eigentlich wohl in erster Linie ist er ein Künstler.«

»Ah! Ah! Inwiefern?«

»Er spielt die Geige ... Aber das sagt nicht viel. *Wie* er sie spielt, Herr Spinell, das ist die Sache! Einige Töne habe ich niemals hören können, ohne daß mir die Tränen so merkwürdig brennend in die Augen stiegen, wie sonst bei keinem Erlebnis. Sie glauben es nicht ...«

»Ich glaube es! Ach, ob ich es glaube! ... Sagen Sie mir, gnädige Frau: Ihre Familie ist wohl alt? Es haben wohl schon viele Generationen in dem grauen Giebelhaus gelebt, gearbeitet und das Zeitliche gesegnet?«

»Ja. – Warum fragen Sie übrigens?«

»Weil es nicht selten geschieht, daß ein Geschlecht mit praktischen, bürgerlichen und trockenen Traditionen sich gegen das Ende seiner Tage noch einmal durch die Kunst verklärt.«

»Ist dem so? – Ja, was meinen Vater betrifft, so ist er sicherlich mehr ein Künstler als mancher, der sich so nennt und vom Ruhme lebt. Ich spiele nur ein bißchen Klavier. Jetzt haben sie es mir ja verboten; aber damals, zu Hause, spielte ich noch. Mein Vater und ich, wir spielten zusammen ... Ja, ich habe all die Jahre in lieber Erinnerung; besonders den Garten, unseren Garten, hinterm Hause. Er war jämmerlich verwildert und verwuchert und von zerbröckelten, bemoosten Mauern eingeschlossen;

aber gerade das gab ihm viel Reiz. In der Mitte war ein Springbrunnen, mit einem dichten Kranz von Schwertlilien umgeben. Im Sommer verbrachte ich dort lange Stunden mit meinen Freundinnen. Wir saßen alle auf kleinen Feldsesseln rund um den Springbrunnen herum ...«

»Wie schön!« sagte Herr Spinell und zog die Schultern empor. »Saßen Sie und sangen?«

»Nein, wir häkelten meistens.«

»Immerhin ... Immerhin ...«

»Ja, wir häkelten und schwatzten, meine sechs Freundinnen und ich ...«

»Wie schön! Gott, hören Sie, wie schön!« rief Herr Spinell, und sein Gesicht war gänzlich verzerrt.

»Was finden Sie nun *hieran* so besonders schön, Herr Spinell!«

»Oh, dies, daß es sechs außer Ihnen waren, daß Sie nicht in diese Zahl eingeschlossen waren, sondern daß Sie gleichsam als Königin daraus hervortraten ... Sie waren ausgezeichnet vor Ihren sechs Freundinnen. Eine kleine goldene Krone, ganz unscheinbar, aber bedeutungsvoll, saß in Ihrem Haar und blinkte ...«

»Nein, Unsinn, nichts von einer Krone ...«

»Doch, sie blinkte heimlich. Ich hätte sie gesehen, hätte sie deutlich in Ihrem Haar gesehen, wenn ich in einer dieser Stunden unvermerkt im Gestrüpp gestanden hätte ...«

»Gott weiß, was Sie gesehen hätten. Sie standen aber nicht dort, sondern eines Tages war es mein jetziger Mann, der zusammen mit meinem Vater aus dem Gebüsch hervortrat. Ich fürchte, sie hatten sogar allerhand von unserem Geschwätz belauscht . . .«

»Dort war es also, wo Sie Ihren Herrn Gemahl kennenlernten, gnädige Frau?«

»Ja, dort lernte ich ihn kennen!« sagte sie laut und fröhlich, und indem sie lächelte, trat das zartblaue Äderchen angestrengt und seltsam über ihrer Braue hervor. »Er besuchte meinen Vater in Geschäften, wissen Sie. Am nächsten Tage war er zum Diner geladen, und noch drei Tage später hielt er um meine Hand an.«

»Wirklich! Ging das alles so außerordentlich schnell?«

»Ja . . . Das heißt, von nun an ging es ein wenig langsamer. Denn mein Vater war der Sache eigentlich gar nicht geneigt, müssen Sie wissen, und machte eine längere Bedenkzeit zur Bedingung. Erstens wollte er mich lieber bei sich behalten, und dann hatte er noch andere Skrupel. Aber . . .«

»Aber?«

»Aber ich *wollte* es eben«, sagte sie lächelnd, und wieder beherrschte das blaßblaue Äderchen mit einem bedrängten und kränklichen Ausdruck ihr ganzes liebliches Gesicht.

»Ah, Sie wollten es.«

»Ja, und ich habe einen ganz festen und respektablen Willen gezeigt, wie Sie sehen . . .«

»Wie ich es sehe. Ja.«

». . . so daß mein Vater sich schließlich darein ergeben mußte.«

»Und so verließen Sie ihn denn und seine Geige, verließen das alte Haus, den verwucherten Garten, den Springbrunnen und Ihre sechs Freundinnen und zogen mit Herrn Klöterjahn.«

»Und zog mit . . . Sie haben eine Ausdrucksweise, Herr Spinell! Beinahe biblisch! – Ja, ich verließ das alles, denn so will es ja die Natur.«

»Ja, so will sie es wohl.«

»Und dann handelte es sich ja um mein Glück.«

»Gewiß. Und es kam, das Glück . . .«

»Das kam in der Stunde, Herr Spinell, als man mir zuerst den kleinen Anton brachte, unseren kleinen Anton, und als er so kräftig mit seinen kleinen gesunden Lungen schrie, stark und gesund wie er ist . . .«

»Es ist nicht das erstemal, daß ich Sie von der Gesundheit Ihres kleinen Anton sprechen höre, gnädige Frau. Er muß ganz ungewöhnlich gesund sein?«

»Das ist er. Und er sieht meinem Mann so lächerlich ähnlich!«

»Ah! – Ja, so begab es sich also. Und nun heißen Sie nicht mehr Eckhof, sondern anders, und haben den kleinen gesunden Anton und leiden ein wenig an der Luftröhre.«

»Ja. – Und *Sie* sind ein durch und durch rätselhafter Mensch, Herr Spinell, dessen versichere ich Sie ...«

»Ja, straf' mich Gott, das sind Sie!« sagte die Rätin Spatz, die übrigens auch noch vorhanden war.

Aber auch mit diesem Gespräch beschäftigte Herrn Klöterjahns Gattin sich mehrere Male in ihrem Innern. So nichtssagend es war, barg es doch einiges auf seinem Grunde, was ihren Gedanken über sich selbst Nahrung gab. War *dies* der schädliche Einfluß, der sie berührte? Ihre Schwäche nahm zu, und oft stellte Fieber sich ein, eine stille Glut, in der sie mit einem Gefühle sanfter Gehobenheit ruhte, der sie sich in einer nachdenklichen, preziösen, selbstgefälligen und ein wenig beleidigten Stimmung überließ. Wenn sie nicht das Bett hütete und Herr Spinell auf den Spitzen seiner großen Füße mit ungeheurer Behutsamkeit zu ihr trat, in einer Entfernung von zwei Schritten stehenblieb und, das eine Bein zurückgestellt und den Oberkörper vorgebeugt, mit ehrfürchtig gedämpfter Stimme zu ihr sprach, wie als höbe er sie in scheuer Andacht sanft und hoch empor und bettete sie auf Wolkenpfühle, woselbst kein schriller Laut und keine irdische Berührung sie erreichen solle ..., so erinnerte sie sich der Art, in der Herr Klöterjahn zu sagen pflegte: »Vorsichtig, Gabriele, take care, mein Engel, und halte den Mund zu!« eine Art, die wirkte, als schlüge er einem hart und wohlmeinend auf die Schulter. Dann aber wandte sie sich rasch von dieser Erinnerung ab, um in Schwäche und Gehobenheit auf den Wolkenpfühlen zu ruhen, die Herr Spinell ihr dienend bereitete.

Eines Tages kam sie unvermittelt auf das kleine Gespräch zurück, das sie mit ihm über ihre Herkunft und Jugend geführt hatte.

»Es ist also wahr«, fragte sie, »Herr Spinell, daß Sie die Krone gesehen hätten?«

Und obgleich jene Plauderei schon vierzehn Tage zurücklag, wußte er sofort, um was es sich handelte, und versicherte ihr mit bewegten Worten, daß er damals am Springbrunnen, als sie unter ihren sechs Freundinnen saß, die kleine Krone hätte blinken, – sie heimlich in ihrem Haar hätte blinken sehen.

Einige Tage später erkundigte sich ein Kurgast aus Artigkeit bei ihr nach dem Wohlergehen ihres kleinen Anton daheim. Sie ließ zu Herrn Spinell, der sich in der Nähe befand, einen hurtigen Blick hinübergleiten und antwortete ein wenig gelangweilt:

»Danke; wie soll es dem wohl gehen? – Ihm und meinem Mann geht es gut.«

VIII

Ende Februar, an einem Frosttage, reiner und leuchtender als alle, die vorhergegangen waren, herrschte in ›Einfried‹ nichts als Übermut. Die Herrschaften mit den Herzfehlern besprachen sich untereinander mit geröteten Wangen, der diabetische General trällerte wie ein Jüngling, und die Herren mit den unbeherrschten Beinen waren ganz außer Rand und Band. Was ging vor? Nichts Geringeres, als daß eine gemeinsame Ausfahrt unternommen werden sollte, eine Schlittenpartie in mehreren Fuhrwerken mit Schellenklang und Peitschenknall ins Gebirge hinein: Doktor Leander hatte zur Zerstreuung seiner Patienten diesen Beschluß gefaßt.

Natürlich mußten die ›Schweren‹ zu Hause bleiben. Die armen ›Schweren‹! Man nickte sich zu und verabredete sich, sie nichts von dem Ganzen wissen zu lassen; es tat allgemein wohl, ein wenig Mitleid üben und Rücksicht nehmen zu können. Aber auch von denen, die sich an dem Vergnügen sehr wohl hätten beteiligen können, schlossen sich einige aus. Was Fräulein von Osterloh anging, so war sie ohne weiteres entschuldigt. Wer wie sie mit Pflichten überhäuft war, durfte an Schlittenpartien nicht ernstlich denken. Der Hausstand verlangte gebieterisch ihre Anwesenheit, und kurzum: sie blieb in ›Einfried‹. Daß aber auch Herrn Klöterjahns Gattin erklärte, daheim bleiben zu wollen, verstimmte allseitig. Vergebens redete Doktor Leander ihr zu, die frische Fahrt auf sich wirken zu lassen; sie behauptete, nicht aufgelegt zu sein, Migräne zu haben, sich matt zu fühlen, und so mußte man sich fügen. Der Zyniker und Witzbold aber nahm Anlaß zu der Bemerkung:

»Geben Sie acht, nun fährt auch der verweste Säugling nicht mit.«

Und er bekam recht, denn Herr Spinell ließ wissen, daß er heute nachmittag arbeiten wolle; – er gebrauchte sehr gern das Wort ›arbeiten‹ für seine zweifelhafte Tätigkeit. Übrigens beklagte sich keine Seele über sein Fortbleiben, und ebenso leicht verschmerzte man es, daß die Rätin Spatz sich entschloß, ihrer jüngeren Freundin Gesellschaft zu leisten, da das Fahren sie seekrank mache.

Gleich nach dem Mittagessen, das heute schon gegen zwölf Uhr stattgefunden hatte, hielten die Schlitten vor ›Einfried‹, und in lebhaften Gruppen, warm vermummt, neugierig und angeregt, bewegten sich die Gäste durch den Garten. Herrn Klöterjahns Gattin stand mit der Rätin Spatz an der Glastür, die zur Terrasse führte, und Herr Spinell am Fenster seines Zimmers, um der Abfahrt zuzusehen. Sie beobachteten, wie unter Scherzen und Gelächter kleine Kämpfe um die besten Plätze entstanden, wie Fräulein von Osterloh, eine Pelzboa um den Hals, von einem Gespann zum anderen lief, um Körbe mit Eßwaren unter die Sitze zu schieben, wie Doktor Leander, die Pelzmütze in der Stirn, mit seinen funkelnden Brillengläsern noch einmal das Ganze überschaute, dann ebenfalls Platz nahm und das Zeichen zum Aufbruch gab . . . Die Pferde zogen an, ein paar Damen kreischten und fielen hintüber, die Schellen klapperten, die kurzstieligen Peitschen knallten und ließen ihre langen Schnüre im Schnee hinter den Kufen dreinschleppen, und Fräulein von Osterloh stand an der Gartenpforte und winkte mit ihrem Schnupftuch, bis an einer Biegung der Landstraße die gleitenden Gefährte verschwanden, das frohe Geräusch sich verlor. Dann kehrte sie durch den Garten zurück, um ihren Pflichten nachzueilen, die beiden Damen verließen die Glastür, und fast gleichzeitig trat auch Herr Spinell von seinem Aussichtspunkte ab.

Ruhe herrschte in ›Einfried‹. Die Expedition war vor Abend nicht zurückzuerwarten. Die ›Schweren‹ lagen in ihren Zimmern und litten. Herrn Klöterjahns Gattin und ihre ältere Freundin unternahmen einen kurzen Spaziergang, worauf sie in ihre Gemächer zurückkehrten. Auch Herr Spinell befand sich in dem seinen und beschäftigte sich auf seine Art. Gegen vier Uhr brachte man den Damen je einen halben Liter Milch, während Herr Spinell seinen leichten Tee erhielt. Kurze Zeit darauf pochte Herrn Klöterjahns Gattin an die Wand, die ihr Zimmer von dem der Magistratsrätin Spatz trennte, und sagte:

»Wollen wir nicht ins Konversationszimmer hinuntergehen, Frau Rätin? Ich weiß nicht mehr, was ich hier anfangen soll.«

»Sogleich, meine Liebe!« antwortete die Rätin. »Ich ziehe nur meine Stiefel an, wenn Sie erlauben. Ich habe nämlich auf dem Bette gelegen, müssen Sie wissen.«

Wie zu erwarten stand, war das Konversationszimmer leer. Die Damen nahmen am Kamine Platz. Die Rätin Spatz stickte Blumen auf ein Stück Stramin, und auch Herrn Klöterjahns Gattin tat ein paar Stiche, worauf sie die Handarbeit in den Schoß sinken ließ und über die Armlehne ihres Sessels hinweg ins Leere träumte. Schließlich machte sie eine Bemerkung, die nicht lohnte, daß man ihretwegen die Zähne voneinander tat; da aber die Rätin Spatz trotzdem »Wie?« fragte, so mußte sie zu ihrer Demütigung den ganzen Satz wiederholen. Die Rätin Spatz fragte nochmals »Wie?« In diesem Augenblicke aber wurden auf dem Vorplatz Schritte laut, die Tür öffnete sich, und Herr Spinell trat ein.

»Störe ich?« fragte er noch an der Schwelle mit sanfter Stimme, während er ausschließlich Herrn Klöterjahns Gattin anblickte und den Oberkörper auf eine gewisse zarte und schwebende Art nach vorne beugte ... Die junge Frau antwortete:

»Ei, warum nicht gar? Erstens ist dieses Zimmer doch als Freihafen gedacht, Herr Spinell, und dann:

worin sollten Sie uns stören. Ich habe das entschiedene Gefühl, die Rätin zu langweilen ...«

Hierauf wußte er nichts mehr zu erwidern, sondern ließ nur lächelnd seine kariösen Zähne sehen und ging unter den Augen der Damen mit ziemlich unfreien Schritten bis zur Glastür, woselbst er stehenblieb und hinausschaute, indem er in etwas unerzogener Weise den Damen den Rücken zuwandte. Dann machte er eine halbe Wendung rückwärts, fuhr aber fort, in den Garten hinauszublicken, indes er sagte:

»Die Sonne ist fort. Unvermerkt hat der Himmel sich bezogen. Es fängt schon an, dunkel zu werden.«

»Wahrhaftig, ja, alles liegt in Schatten«, antwortete Herrn Klöterjahns Gattin. »Unsere Ausflügler werden doch noch Schnee bekommen, wie es scheint. Gestern war es um diese Zeit noch voller Tag; nun dämmert es schon.«

»Ach«, sagte er, »nach allen diesen überhellen Wochen tut das Dunkel den Augen wohl. Ich bin dieser Sonne, die Schönes und Gemeines mit gleich aufdringlicher Deutlichkeit bestrahlt, geradezu dankbar, daß sie sich endlich ein wenig verhüllt.«

»Lieben Sie die Sonne nicht, Herr Spinell?«

»Da ich kein Maler bin ... Man wird innerlicher ohne Sonne. – Es ist eine dicke, weißgraue Wolkenschicht. Vielleicht bedeutet es Tauwetter für mor-

gen. Übrigens würde ich Ihnen nicht raten, dort hinten noch auf die Handarbeit zu blicken, gnädige Frau.«
»Ach, seien Sie unbesorgt, das tue ich ohnehin nicht. Aber was soll man beginnen?«
Er hatte sich auf den Drehsessel vorm Piano niedergelassen, indem er einen Arm auf den Deckel des Instrumentes stützte.
»Musik ...«, sagte er. »Wer jetzt ein bißchen Musik zu hören bekäme! Manchmal singen die englischen Kinder kleine niggersongs, das ist alles.«
»Und gestern nachmittag hat Fräulein von Osterloh in aller Eile die ›Klosterglocken‹ gespielt«, bemerkte Herrn Klöterjahns Gattin.
»Aber Sie spielen ja, gnädige Frau«, sagte er bittend und stand auf ... »Sie haben ehemals täglich mit Ihrem Vater musiziert.«
»Ja, Herr Spinell, das war damals! Zur Zeit des Springbrunnens, wissen Sie ...«
»Tun Sie es heute!« bat er. »Lassen Sie dies eine Mal ein paar Takte hören! Wenn Sie wüßten, wie ich dürste ...«
»Unser Hausarzt sowohl wie Doktor Leander haben es mir ausdrücklich verboten, Herr Spinell.«
»Sie sind nicht da, weder der eine noch der andere! Wir sind frei ... Sie sind frei, gnädige Frau! Ein paar armselige Akkorde ...«
»Nein, Herr Spinell, daraus wird nichts. Wer weiß, was für Wunderdinge Sie von mir erwarten! Und

ich habe alles verlernt, glauben Sie mir. Auswendig kann ich beinahe nichts.«

»Oh, dann spielen Sie dieses Beinahe-nichts! Und zum Überfluß sind hier Noten, hier liegen sie, oben auf dem Klavier. Nein, dies hier ist nichts. Aber hier ist Chopin . . .«

»Chopin?«

»Ja, die Nocturnes. Und nun fehlt nur, daß ich die Kerzen anzünde . . .«

»Glauben Sie nicht, daß ich spiele, Herr Spinell! Ich darf nicht. Wenn es mir nun schadet?!« –

Er verstummte. Er stand, mit seinen großen Füßen, seinem langen, schwarzen Rock und seinem grauhaarigen, verwischten, bartlosen Kopf, im Lichte der beiden Klavierkerzen und ließ die Hände hinunterhängen.

»Nun bitte ich nicht mehr«, sagte er endlich leise. »Wenn Sie fürchten, sich zu schaden, gnädige Frau, so lassen Sie die Schönheit tot und stumm, die unter Ihren Fingern laut werden möchte. Sie waren nicht immer so sehr verständig; wenigstens nicht, als es im Gegenteile galt, sich der Schönheit zu begeben. Sie waren nicht besorgt um Ihren Körper und zeigten einen unbedenklicheren und festeren Willen, als Sie den Springbrunnen verließen und die kleine goldene Krone ablegten . . . Hören Sie«, sagte er nach einer Pause, und seine Stimme senkte sich noch mehr, »wenn Sie jetzt hier niedersitzen und spielen wie einst, als noch Ihr Vater neben Ihnen stand und seine Geige jene Töne singen ließ, die Sie weinen machten ..., dann kann es geschehen, daß man sie wieder heimlich in Ihrem Haare blinken sieht, die kleine, goldene Krone ...«

»Wirklich?« fragte sie und lächelte ... Zufällig versagte ihr die Stimme bei diesem Wort, so daß es zur Hälfte heiser und zur Hälfte tonlos herauskam. Sie hüstelte und sagte dann:

»Sind es wirklich die Nocturnes von Chopin, die Sie da haben?«

»Gewiß. Sie sind aufgeschlagen, und alles ist bereit.«

»Nun, so will ich denn in Gottes Namen eins davon spielen«, sagte sie. »Aber nur eines, hören Sie? Dann werden Sie ohnehin für immer genug haben.«

Damit erhob sie sich, legte ihre Handarbeit beiseite und ging zum Klavier. Sie nahm auf dem Drehsessel Platz, auf dem ein paar gebundene Notenbücher lagen, richtete die Leuchter und blätterte in den Noten. Herr Spinell hatte einen Stuhl an ihre Seite gerückt und saß neben ihr wie ein Musiklehrer.

Sie spielte das Nocturne in Es-Dur, opus 9, Nummer 2. Wenn sie wirklich einiges verlernt hatte, so mußte ihr Vortrag ehedem vollkommen künstlerisch gewesen sein. Das Piano war nur mittelmäßig, aber schon nach den ersten Griffen wußte sie es mit sicherem Geschmack zu behandeln. Sie zeigte einen nervösen Sinn für differenzierte Klangfarbe und eine Freude an rhythmischer Beweglichkeit, die bis zum Phantastischen ging. Ihr Anschlag war sowohl fest als weich. Unter ihren Händen sang die Melodie ihre letzte Süßigkeit aus, und mit einer zögernden Grazie schmiegten sich die Verzierungen um ihre Glieder.

Sie trug das Kleid vom Tage ihrer Ankunft: die dunkle, gewichtige Taille mit den plastischen Sammetarabesken, die Haupt und Hände so unirdisch zart erscheinen ließ. Ihr Gesichtsausdruck veränderte sich nicht beim Spiele, aber es schien, als ob die Umrisse, ihrer Lippen noch klarer würden, die Schatten in den Winkeln ihrer Augen sich vertieften. Als sie geendigt hatte, legte sie die Hände in den Schoß und fuhr fort, auf die Noten zu blicken. Herr Spinell blieb ohne Laut und Bewegung sitzen.

Sie spielte noch eine Nocturne, spielte ein zweites und drittes. Dann erhob sie sich: aber nur, um auf dem oberen Klavierdeckel nach neuen Noten zu suchen.

Herr Spinell hatte den Einfall, die Bände in schwarzen Pappdeckeln zu untersuchen, die auf dem Drehsessel lagen. Plötzlich stieß er einen unverständlichen Laut aus, und seine großen, weißen Hände fingerten leidenschaftlich an einem dieser vernachlässigten Bücher.

»Nicht möglich! ... Es ist nicht wahr! ...«, sagte er ... »Und dennoch täusche ich mich nicht! ...

Wissen Sie, was es ist? ... Was hier lag? ... Was ich hier halte? ...«
»Was ist es?« fragte sie.
Da wies er ihr stumm das Titelblatt. Er war ganz bleich, ließ das Buch sinken und sah sie mit zitternden Lippen an.
»Wahrhaftig? Wie kommt das hierher? Also geben Sie«, sagte sie einfach, stellte die Noten aufs Pult, setzte sich und begann nach einem Augenblick der Stille mit der ersten Seite.
Er saß neben ihr, vornübergebeugt, die Hände zwischen den Knien gefaltet, mit gesenktem Kopfe. Sie spielte den Anfang mit einer ausschweifenden und quälenden Langsamkeit, mit beunruhigend gedehnten Pausen zwischen den einzelnen Figuren. Das Sehnsuchtsmotiv, eine einsame und irrende Stimme in der Nacht, ließ leise seine bange Frage vernehmen. Eine Stille und ein Warten. Und siehe, es antwortet: derselbe zage und einsame Klang, nur heller, nur zarter. Ein neues Schweigen. Da setzte mit jenem gedämpften und wundervollen Sforzato, das ist wie ein Sich-Aufraffen und seliges Aufbegehren der Leidenschaft, das Liebesmotiv ein, stieg aufwärts, rang sich entzückt empor bis zur süßen Verschlingung, sank, sich lösend, zurück, und mit ihrem tiefen Gesange von schwerer, schmerzlicher Wonne traten die Celli hervor und führten die Weise fort ...
Nicht ohne Erfolg versuchte die Spielende, auf dem

armseligen Instrument die Wirkungen des Orchesters anzudeuten. Die Violinläufe der großen Steigerung erklangen mit leuchtender Präzision. Sie spielte mit preziöser Andacht, verharrte gläubig bei jedem Gebilde und hob demütig und demonstrativ das Einzelne hervor, wie der Priester das Allerheiligste über sein Haupt erhebt. Was geschah? Zwei Kräfte, zwei entrückte Wesen strebten in Leiden und Seligkeit nacheinander und umarmten sich in dem verzückten und wahnsinnigen Begehren nach dem Ewigen und Absoluten ... Das Vorspiel flammte auf und neigte sich. Sie endigte da, wo der Vorhang sich teilt, und fuhr dann fort, schweigend auf die Noten zu blicken.

Unterdessen hatte bei der Rätin Spatz die Langeweile jenen Grad erreicht, wo sie des Menschen Antlitz entstellt, ihm die Augen aus dem Kopfe treibt und ihm einen leichenhaften und furchteinflößenden Ausdruck verleiht. Außerdem wirkte diese Art von Musik auf ihre Magennerven, sie versetzte diesen dyspeptischen Organismus in Angstzustände und machte, daß die Rätin einen Krampfanfall befürchtete.

»Ich bin genötigt, auf mein Zimmer zu gehen«, sagte sie schwach. »Leben Sie wohl, ich kehre zurück ...«

Damit ging sie. Die Dämmerung war weit vorgeschritten. Draußen sah man dicht und lautlos den Schnee auf die Terrasse herniedergehen. Die beiden

Kerzen gaben ein wankendes und begrenztes Licht.
»Den zweiten Aufzug«, flüsterte er; und sie wandte die Seiten und begann mit dem zweiten Aufzug.
Hörnerschall verlor sich in der Ferne. Wie? oder war es das Säuseln des Laubes? Das sanfte Rieseln des Quells? Schon hatte die Nacht ihr Schweigen durch Hain und Haus gegossen, und kein flehendes Mahnen vermochte dem Walten der Sehnsucht mehr Einhalt zu tun. Das heilige Geheimnis vollendete sich. Die Leuchte erlosch, mit einer seltsamen,hplötzlich gedeckten Klangfarbe senkte das Todesmotiv sich herab, und in jagender Ungeduld ließ die Sehnsucht ihren weißen Schleier dem Geliebten entgegenflattern, der ihr mit ausgebreiteten Armen durchs Dunkel nahte.
O überschwenglicher und unersättlicher Jubel der Vereinigung im ewigen Jenseits der Dinge! Des quälenden Irrtums entledigt, den Fesseln des Raumes und der Zeit entronnen, verschmolzen das Du und das Ich, das Dein und Mein sich zu erhabener Wonne. Trennen konnte sie des Tages tückisches Blendwerk, doch seine prahlende Lüge vermochte die Nachsichtigen nicht mehr zu täuschen, seit die Kraft des Zaubertrankes ihnen den Blick geweiht. Wer liebend des Todes Nacht und ihr süßes Geheimnis erschaute, dem blieb im Wahn des Lichtes ein einzig Sehnen, die Sehnsucht hin zur heiligen

Nacht, der ewigen, wahren, der einsmachenden ...
O sink hernieder, Nacht der Liebe, gib ihnen jenes Vergessen, das sie ersehnen, umschließe sie ganz mit deiner Wonne und löse sie los von der Welt des Truges und der Trennung. Siehe, die letzte Leuchte verlosch! Denken und Dünken versank in heiliger Dämmerung, die sich welterlösend über des Wahnes Qualen breitet. Dann, wenn das Blendwerk erbleicht, wenn in Entzücken sich mein Auge bricht: das, wovon die Lüge des Tages mich ausschloß, was sie zu unstillbarer Qual meiner Sehnsucht täuschend entgegenstellte, – *selbst* dann, o Wunder der Erfüllung! selbst dann bin ich die Welt. – Und es erfolgte zu Brangänens dunklem Habet-Acht-Gesange jener Aufstieg der Violinen, welcher höher ist als alle Vernunft.
»Ich verstehe nicht alles, Herr Spinell; sehr vieles ahne ich nur. Was bedeutet doch dieses ›Selbst – dann bin ich die Welt‹?«
Er erklärte es ihr, leise und kurz.
»Ja, so ist es. – Wie kommt es nur, daß Sie, der Sie es so gut verstehen, es nicht auch spielen können?«
Seltsamerweise vermochte er dieser harmlosen Frage nicht standzuhalten. Er errötete, rang die Hände und versank gleichsam mit seinem Stuhle.
»Das trifft selten zusammen«, sagte er endlich gequält. »Nein, spielen kann ich nicht. – Aber fahren Sie fort.«

Und sie fuhren fort in den trunkenen Gesängen des Mysterienspieles. Starb je die Liebe? Tristans Liebe? Die Liebe deiner und meiner Isolde? Oh, des Todes Streiche erreichen die Ewige nicht! Was stürbe wohl ihm, als was uns stört, was die Einigen täuschend entzweit? Durch ein süßes Und verknüpfte sie beide die Liebe ... zerriß es der Tod, wie anders, als mit des einen eigenem Leben, wäre dem anderen der Tod gegeben? Und ein geheimnisvoller Zwiegesang vereinigte sie in der namenlosen Hoffnung des Liebestodes, des endlos ungetrennten Umfangenseins im Wunderreiche der Nacht. Süße Nacht! Ewige Liebesnacht! Alles umspannendes Land der Seligkeit! Wer dich ahnend erschaut, wie könnte er ohne Bangen je zum öden Tag zurückerwachen? Banne du das Bangen, holder Tod! Löse du nun die Sehnenden ganz von der Not des Erwachens! O fassungsloser Sturm der Rhythmen! O chromatisch empordrängendes Entzücken der metaphysischen Erkenntnis! Wie sie fassen, wie sie lassen, diese Wonne fern den Trennungsqualen des Lichts? Sanftes Sehnen ohne Trug und Bangen, hehres, leidloses Verlöschen, überseliges Dämmern im Unermeßlichen! Du Isolde, Tristan ich, nicht mehr Tristan, nicht mehr Isolde – – –

Plötzlich geschah etwas Erschreckendes. Die Spielende brach ab und führte ihre Hand über die Augen, um ins Dunkel zu spähen, und Herr Spinell wandte sich rasch auf seinem Sitze herum. Die Tür dort hinten, die zum Korridor führte, hatte sich geöffnet, und herein kam eine finstere Gestalt, gestützt auf den Arm einer zweiten. Es war ein Gast von ›Einfried‹, der gleichfalls nicht in der Lage gewesen war, an der Schlittenpartie teilzunehmen, sondern diese Abendstunde zu einem seiner instinktiven und traurigen Rundgänge durch die Anstalt benutzte, es war jene Kranke, die neunzehn Kinder zur Welt gebracht hatte und keines Gedankens mehr fähig war, es war die Pastorin Höhlenrauch am Arme ihrer Pflegerin. Ohne aufzublicken, durchmaß sie mit tappenden, wandernden Schritten den Hintergrund des Gemaches und entschwand durch die entgegengesetzte Tür, – stumm und stier, irrwandelnd und unbewußt. – Es herrschte Stille.

»Das war die Pastorin Höhlenrauch«, sagte er.

»Ja, das war die arme Höhlenrauch«, sagte sie. Dann wandte sie die Blätter und spielte den Schluß des Ganzen, spielte Isoldens Liebestod.

Wie farblos und klar ihre Lippen waren, und wie die Schatten in den Winkeln ihrer Augen sich vertieften! Oberhalb der Braue, in ihrer durchsichtigen Stirn, trat angestrengt und beunruhigend das blaßblaue Äderchen deutlicher und deutlicher hervor. Unter ihren arbeitenden Händen vollzog sich die unerhörte Steigerung, zerteilt von jenem beinahe ruchlosen, plötzlichen Pianissimo, das wie ein Entgleiten des Bodens unter den Füßen und wie ein Versinken in sublimer Begierde ist. Der Überschwang einer ungeheuren Lösung und Erfüllung brach herein, wiederholte sich, ein betäubendes Brausen maßloser Befriedigung, unersättlich wieder und wieder, formte sich zurückflutend um, schien verhauchen zu wollen, wob noch einmal das Sehnsuchtsmotiv in seine Harmonie, atmete aus, erstarb, verklang, entschwebte. Tiefe Stille.

Sie horchten beide, legten die Köpfe auf die Seite und horchten.

»Das sind Schellen«, sagte sie.

»Es sind die Schlitten«, sagte er. »Ich gehe.«

Er stand auf und ging durch das Zimmer. An der Tür dort hinten machte er halt, wandte sich um und trat einen Augenblick unruhig von einem Fuß auf den anderen. Und dann begab es sich, daß er, fünfzehn oder zwanzig Schritte von ihr entfernt, auf seine Knie sank, lautlos auf beide Knie. Sein langer, schwarzer Gehrock breitete sich auf dem Boden aus. Er hielt die Hände über seinem Munde gefaltet, und seine Schultern zuckten.

Sie saß, die Hände im Schoße, vornübergelehnt, vom Klavier abgewandt, und blickte auf ihn. Ein ungewisses und bedrängtes Lächeln lag auf ihrem Gesicht, und ihre Augen spähten sinnend und so mühsam ins Halbdunkel, daß sie eine kleine Neigung zum Verschießen zeigten.

Aus weiter Ferne her näherten sich Schellenklappern, Peitschenknall und das Ineinanderklingen menschlicher Stimmen.

IX

Die Schlittenpartie, von der lange noch alle sprachen, hatte am 26. Februar stattgefunden. Am 27., einem Tauwettertage, an dem alles sich erweichte, tropfte, plantschte, floß, ging es der Gattin Herrn Klöterjahns vortrefflich. Am 28. gab sie ein wenig Blut von sich ... oh, unbedeutend; aber es war Blut. Zu gleicher Zeit wurde sie von einer Schwäche befallen, so groß wie noch niemals, und legte sich nieder.

Doktor Leander untersuchte sie, und sein Gesicht war steinkalt dabei. Dann verordnete er, was die Wissenschaft vorschreibt: Eisstückchen, Morphium, unbedingte Ruhe. Übrigens legte er am folgenden Tage wegen Überbürdung die Behandlung nieder und übertrug sie an Doktor Müller, der sie pflicht- und kontraktgemäß in aller Sanftmut übernahm; ein stiller, blasser, unbedeutender und wehmütiger Mann, dessen bescheidene und ruhmlose Tätigkeit den beinahe Gesunden und den Hoffnungslosen gewidmet war.

Die Ansicht, der er vor allem Ausdruck gab, war die, daß die Trennung zwischen dem Klöterjahn'schen Ehepaare nun schon recht lange währe. Es sei dringend wünschenswert, daß Herr Klöterjahn, wenn anders sein blühendes Geschäft es irgend gestatte, wieder einmal zu Besuch nach ›Einfried‹ käme. Man könne ihm schreiben, ihm vielleicht ein kleines Telegramm zukommen lassen ... Und sicherlich werde es die junge Mutter beglücken und stärken, wenn er den kleinen Anton mitbrächte: abgesehen davon, daß es für die Ärzte geradezu interessant sein werde, die Bekanntschaft dieses gesunden kleinen Anton zu machen.

Und siehe, Herr Klöterjahn erschien. Er hatte Doktor Müllers kleines Telegramm erhalten und kam vom Strande der Ostsee. Er stieg aus dem Wagen, ließ sich Kaffee und Buttersemmeln geben und sah sehr verdutzt aus.

»Herr«, sagte er, »was ist? Warum ruft man mich zu ihr?«

»Weil es wünschenswert ist«, antwortete Doktor Müller, »daß Sie jetzt in der Nähe Ihrer Frau Gemahlin weilen.«

»Wünschenswert ... Wünschenswert ... Aber auch notwendig? Ich sehe auf mein Geld, mein Herr, die Zeiten sind schlecht und die Eisenbahnen sind teuer. War diese Tagesreise nicht zu umgehen? Ich wollte nichts sagen, wenn es beispielsweise die Lunge wäre; aber da es Gott sei Dank die Luftröhre ist ...«

»Herr Klöterjahn«, sagte Doktor Müller sanft, »erstens ist die Luftröhre ein wichtiges Organ ...« Er sagte unkorrekterweise »erstens«, obgleich er gar kein »zweitens« darauf folgen ließ.

Gleichzeitig aber mit Herrn Klöterjahn war eine üppige, ganz in Rot, Schottisch und Gold gehüllte

Person in ›Einfried‹ eingetroffen, und sie war es, die auf ihrem Arme Anton Klöterjahn den Jüngeren, den kleinen gesunden Anton trug. Ja, er war da, und niemand konnte leugnen, daß er in der Tat von einer exzessiven Gesundheit war. Rosig und weiß, sauber und frisch gekleidet, dick und duftig lastete er auf dem nackten, roten Arm seiner betreßten Dienerin, verschlang gewaltige Mengen von Milch und gehacktem Fleisch, schrie und überließ sich in jeder Beziehung seinen Instinkten.

Vom Fenster seine Zimmers aus hatte der Schriftsteller Spinell die Ankunft des jungen Klöterjahn beobachtet. Mit einem seltsamen, verschleierten und dennoch scharfen Blick hatte er ihn ins Auge gefaßt, während er vom Wagen ins Haus getragen wurde, und war dann noch längere Zeit mit demselben Gesichtsausdruck an seinem Platze verharrt.

Von da an mied er das Zusammentreffen mit Anton Klöterjahn dem Jüngeren so weit als tunlich. –

X

Herr Spinell saß in seinem Zimmer und ›arbeitete‹.

Es war ein Zimmer wie alle in ›Einfried‹: altmodisch, einfach und distinguiert. Die massige Kommode war mit metallenen Löwenköpfen beschlagen, der hohe Wandspiegel war keine glatte Fläche, sondern aus vielen kleinen quadratischen, in Blei gefaßten Scherben zusammengesetzt, kein Teppich bedeckte den bläulich lackierten Estrich, in dem die steifen Beine der Meubles als klare Schatten sich fortsetzten. Ein geräumiger Schreibtisch stand in der Nähe des Fensters, vor welches der Romancier einen gelben Vorhang gezogen hatte, wahrscheinlich, um sich innerlicher zu machen.

In gelblicher Dämmerung saß er über die Platte des Sekretärs gebeugt und schrieb, – schrieb an einem jener zahlreichen Briefe, die er allwöchentlich zur Post befördern ließ, und auf die er belustigenderweise meistens gar keine Antwort erhielt. Ein großer, starker Bogen lag vor ihm, in dessen linkem oberen Winkel unter einer verzwickt gezeichneten Landschaft der Name Detlev Spinell in völlig neuartigen Lettern zu lesen war, und den er mit einer kleinen, sorgfältig gemalten und überaus reinlichen Handschrift bedeckte.

»Mein Herr!« stand dort. »Ich richte die folgenden Zeilen an Sie, weil ich nicht anders kann, weil das, was ich Ihnen zu sagen habe, mich erfüllt, mich quält und zittern macht, weil mir die Worte mit einer solchen Heftigkeit zuströmen, daß ich an ihnen ersticken würde, dürfte ich mich ihrer nicht in diesem Briefe entlasten . . .«

Der Wahrheit die Ehre zu geben, so war dies mit dem ›Zuströmen‹ ganz einfach nicht der Fall, und

Gott wußte, aus was für eitlen Gründen Herr Spinell es behauptete. Die Worte schienen ihm durchaus nicht zuzuströmen; für einen, dessen bürgerlicher Beruf das Schreiben ist, kam er jämmerlich langsam von der Stelle, und wer ihn sah, mußte zu der Anschauung gelangen, daß ein Schriftsteller ein Mann ist, dem das Schreiben schwerer fällt als allen anderen Leuten.
Mit zwei Fingerspitzen hielt er eins der sonderbaren Flaumhärchen an seiner Wange erfaßt und drehte Viertelstunden lang daran, indem er ins Leere starrte und nicht um eine Zeile vorwärtsrückte, schrieb dann ein paar zierliche Wörter und stockte aufs neue. Andererseits muß man zugeben, daß das, was schließlich zustande kam, den Eindruck der Glätte und Lebhaftigkeit erweckte, wenn es auch inhaltlich einen wunderlichen, fragwürdigen und oft sogar unverständlichen Charakter trug.
»Es ist«, so setzte der Brief sich fort, »das unabweisliche Bedürfnis, das, was ich sehe, was seit Wochen als eine unauslöschliche Vision vor meinen Augen steht, auch Sie sehen zu machen, es Sie mit meinen Augen, in derjenigen sprachlichen Beleuchtung schauen zu lassen, in der es vor meinem inneren Blicke steht. Ich bin gewohnt, diesem Drange zu weichen, der mich zwingt, in unvergeßlich und flammend richtig an ihrem Platze stehenden Worten meine Erlebnisse zu denen der Welt zu machen. Und darum hören Sie mich an.

Ich will nichts als sagen, was war und ist, ich erzähle lediglich eine Geschichte, eine ganz kurze, unsäglich empörende Geschichte, erzähle sie ohne Kommentar, ohne Anklage und Urteil, nur mit meinen Worten. Es ist die Geschichte Gabriele Eckhofs, mein Herr, der Frau, die Sie die Ihrige nennen ... und merken Sie wohl! Sie waren es, der sie erlebte; und dennoch bin ich es, dessen Wort sie Ihnen erst in Wahrheit zur Bedeutung eines Erlebnisses erheben wird.

Erinnern Sie sich des Gartens, mein Herr, des alten, verwucherten Gartens hinter dem grauen Patrizierhause? Das grüne Moos sproß in den Fugen der verwitterten Mauern, die seine verträumte Wildnis umschlossen. Erinnern Sie sich auch des Springbrunnens in seiner Mitte? Lilafarbene Lilien neigten sich über sein morsches Rund, und sein weißer Strahl plauderte geheimnisvoll auf das zerklüftete Gestein hinab. Der Sommertag neigte sich.

Sieben Jungfrauen saßen im Kreis um den Brunnen; in das Haar der Siebenten aber, der Ersten, der Einen, schien die sinkende Sonne heimlich ein schimmerndes Abzeichen der Oberhoheit zu weben. Ihre Augen waren wie ängstliche Träume, und dennoch lächelten ihre klaren Lippen ...

Sie sangen. Sie hielten ihre schmalen Gesichter zur Höhe des Springstrahles emporgewandt, dorthin, wo er in müder und edler Rundung sich zum Falle neigte, und ihre leisen, hellen Stimmen umschwebten seinen schlanken Tanz. Vielleicht hielten sie ihre zarten Hände um ihre Knie gefaltet, indes sie sangen ...

Entsinnen Sie sich des Bildes, mein Herr? Sahen Sie es? Sie sahen es nicht. Ihre Augen waren nicht geschaffen dafür, und Ihre Ohren nicht, die keusche Süßigkeit seiner Melodie zu vernehmen. Sahen Sie es – Sie durften nicht wagen, zu atmen, Sie mußten Ihrem Herzen zu schlagen verwehren. Sie mußten gehen, zurück ins Leben, in Ihr Leben, und für den Rest Ihres Erdendaseins das Geschaute als ein unantastbares und unverletzliches Heiligtum in Ihrer Seele bewahren. Was aber taten Sie?

Dies Bild war ein Ende, mein Herr; mußten Sie kommen und es zerstören, um ihm eine Fortsetzung der Gemeinheit und des häßlichen Leidens zu geben? Es war eine rührende und friedevolle Apotheose, getaucht in die abendliche Verklärung des Verfalles, der Auflösung und des Verlöschens. Ein altes Geschlecht, zu müde bereits und zu edel zur Tat und zum Leben, steht am Ende seiner Tage, und seine letzten Äußerungen sind Laute der Kunst, ein paar Geigentöne, voll von der wissenden Wehmut der Sterbensreife ... Sahen Sie die Augen, denen diese Töne Tränen entlockten? Vielleicht, daß die Seelen der sechs Gespielinnen dem Leben gehörten; diejenige aber ihrer schwesterlichen Herrin gehörte der Schönheit und dem Tode.

Sie sahen sie, diese Todesschönheit: sahen sie an,

um ihrer zu begehren. Nichts von Ehrfurcht, nichts von Scheu berührte Ihr Herz gegenüber ihrer rührenden Heiligkeit. Es genügte Ihnen nicht, zu schauen; Sie mußten besitzen, ausnützen, entweihen ... Wie fein Sie Ihre Wahl trafen! Sie sind ein Gourmand, mein Herr, ein plebejischer Gourmand, ein Bauer mit Geschmack.

Ich bitte Sie, zu bemerken, daß ich keineswegs den Wunsch hege, Sie zu kränken. Was ich sage, ist kein Schimpf, sondern die Formel, die einfache psychologische Formel für Ihre einfache, literarisch gänzlich uninteressante Persönlichkeit, und ich spreche sie aus, nur weil es mich treibt, Ihnen Ihr eigenes Tun und Wesen ein wenig zu erhellen, weil es auf Erden mein unausweichlicher Beruf ist, die Dinge bei Namen zu nennen, sie reden zu machen, und das Unbewußte zu durchleuchten. Die Welt ist voll von dem, was ich den ›unbewußten Typus‹ nenne: und ich ertrage sie nicht, alle diese unbewußten Typen! Ich ertrage es nicht, all dies dumpfe, unwissende und erkenntnislose Leben und Handeln, diese Welt von aufreizender Naivität um mich her! Es treibt mich mit qualvoller Unwiderstehlichkeit, alles Sein in der Runde – so weit meine Kräfte reichen – zu erläutern, auszusprechen und zum Bewußtsein zu bringen, – unbekümmert darum, ob diese eine fördernde oder hemmende Wirkung nach sich zieht, ob es Trost und Linderung bringt oder Schmerz zufügt.

Sie sind, mein Herr, wie ich sagte, ein plebejischer Gourmand, ein Bauer mit Geschmack. Eigentlich von plumper Konstituion und auf einer äußerst niedrigen Entwicklungsstufe befindlich, sind Sie durch Reichtum und sitzende Lebensweise zu einer plötzlichen, unhistorischen und barbarischen Korruption des Nervensystems gelangt, die eine gewisse lüsterne Verfeinerung des Genußbedürfnisses nach sich zieht. Wohl möglich, daß die Muskeln Ihres Schlundes in eine schmatzende Bewegung gerieten, wie angesichts einer köstlichen Suppe oder seltenen Platte, als Sie beschlossen, Gabriele Eckhof zu eigen zu nehmen ...

In der Tat, Sie lenken ihren verträumten Willen in die Irre, Sie führen sie aus dem verwucherten Garten in das Leben und in die Häßlichkeit, Sie geben ihr Ihren ordinären Namen und machen sie zum Eheweibe, zur Hausfrau, machen sie zur Mutter. Sie erniedrigen die müde, scheue und in erhabener Unbrauchbarkeit blühende Schönheit des Todes in den Dienst des gemeinen Alltags und jenes blöden, ungefügen und verächtlichen Götzen, den man die Natur nennt, und nicht eine Ahnung von der tiefen Niedertracht dieses Beginnens regt sich in Ihrem bäuerischen Gewissen.

Nochmals: Was geschieht? Sie, mit den Augen, die wie ängstliche Träume sind, schenkt Ihnen ein Kind; sie gibt diesem Wesen, das seine Fortsetzung der niedrigen Existenz seines Erzeugers ist, alles mit, was sie an Blut und Lebensmöglichkeit besitzt, und stirbt. Sie stirbt, mein Herr! Und wenn sie nicht in Gemeinheit dahinfährt, wenn sie dennoch zuletzt sich aus den Tiefen ihrer Erniedrigung erhob und stolz und selig unter dem tödlichen Kusse der Schönheit vergeht, so ist das *meine* Sorge gewesen. Die Ihrige war es wohl unterdessen, sich auf verschwiegenen Korridoren mit Stubenmädchen die Zeit zu verkürzen.

Ihr Kind aber, Gabriele Eckhofs Sohn, gedeiht, lebt und triumphiert. Vielleicht wird er das Leben seines Vaters fortführen, ein handeltreibender, Steuern zahlender und gut speisender Bürger werden; vielleicht ein Soldat oder Beamter, eine unwissende und tüchtige Stütze des Staates; in jedem Falle ein amusisches, normal funktionierendes Geschöpf, skrupellos und zuversichtlich, stark und dumm.

Nehmen Sie das Geständnis, mein Herr, daß ich Sie hasse, Sie und Ihr Kind, wie ich das Leben selbst hasse, das gemeine, das lächerliche und dennoch triumphierende Leben, das Sie darstellen, den ewigen Gegensatz und Todfeind der Schönheit. Ich darf nicht sagen, daß ich Sie verachte. Ich kann es nicht. Ich bin ehrlich. Sie sind der Stärkere. Ich habe Ihnen im Kampfe nur eines entgegenzustellen, das erhabene Gewaffen und Rachewerkzeug der Schwachen: Geist und Wort. Heute habe ich mich seiner bedient. Denn dieser Brief – auch darin bin ich ehrlich, mein Herr – ist nichts als ein Racheakt, und ist nur ein einziges Wort darin scharf, glänzend und schön genug, Sie betroffen zu machen, Sie eine fremde Macht spüren zu lassen, Ihren robusten Gleichmut einen Augenblick ins Wanken zu bringen, so will ich frohlocken.

Detlev Spinell.«

Und dieses Schriftstück kuvertierte und frankierte Herr Spinell, versah es mit einer zierlichen Adresse und überlieferte es der Post.

XI

Herr Klöterjahn pochte an Herrn Spinells Stubentür; er hielt einen großen, reinlich beschriebenen Bogen in der Hand und sah aus wie ein Mann, der entschlossen ist, energisch vorzugehen. Die Post hatte ihre Pflicht getan, der Brief war seinen Weg gegangen, er hatte die wunderliche Reise von ›Einfried‹ nach ›Einfried‹ gemacht und war richtig in die Hände des Adressaten gelangt. Es war vier Uhr am Nachmittage.

Als Herr Klöterjahn eintrat, saß Herr Spinell auf dem Sofa und las in seinem eigenen Roman mit der verwirrenden Umschlagzeichnung. Er stand auf und sah den Besucher überrascht und fragend an, obgleich er deutlich errötete.

»Guten Tag«, sagte Herr Klöterjahn. »Entschuldigen Sie, daß ich Sie in Ihren Beschäftigungen störe. Aber darf ich fragen, ob Sie dies geschrieben haben?« Damit hielt er den großen, reinlich beschriebenen Bogen mit der linken Hand empor und schlug mit dem Rücken der Rechten darauf, so daß es heftig knisterte. Hierauf schob er die Rechte in die Tasche seines weiten, bequemen Beinkleides, legte den Kopf auf die Seite und öffnete, wie manche Leute pflegen, den Mund zum Horchen.

Sonderbarerweise lächelte Herr Spinell; er lächelte zuvorkommend, ein wenig verwirrt und halb entschuldigend, führte die Hand zum Kopfe, als besänne er sich, und sagte:

»Ah, richtig . . . ja . . . ich erlaubte mir . . .«

Die Sache war die, daß er sich heute gegeben hatte, wie er war, und bis gegen Mittag geschlafen hatte. Infolge hiervon litt er an schlimmem Gewissen und blödem Kopfe, fühlte er sich nervös und wenig widerstandsfähig. Hinzu kam, daß die Frühlingsluft, die eingetreten war, ihn matt und zur Verzweiflung geneigt machte. Dies alles muß erwähnt werden als Erklärung dafür, daß er sich während dieser Szene so äußerst albern benahm.

»So! Aha! Schön!« sagte Herr Klöterjahn, indem er das Kinn auf die Brust drückte, die Brauen emporzog, die Arme reckte und eine Menge ähnlicher Anstalten traf, nach Erledigung dieser Formfrage ohne Erbarmen zur Sache zu kommen. Aus Freude an seiner Person ging er wenig zu weit in diesen

Anstalten; was schließlich erfolgte, entsprach nicht völlig der drohenden Umständlichkeit dieser mimischen Vorbereitungen. Aber Herr Spinell war ziemlich bleich.

»Sehr schön!« wiederholte Herr Klöterjahn. »Dann lassen Sie sich die Antwort mündlich geben, mein Lieber, und zwar in Anbetracht des Umstandes, daß ich es für blösdinnig halte, jemandem, den man stündlich sprechen kann, seitenlange Briefe zu schreiben ...«

»Nun ... blödsinnig ...«, sagte Herr Spinell lächelnd, entschuldigend und beinahe demütig ...

»Blödsinnig!« widerholte Herr Klöterjahn und schüttelte heftig den Kopf, um zu zeigen, wie unangreifbar sicher er seiner Sache sei. »Und ich würde dies Geschreibsel nicht eines Wortes würdigen, es wäre mir, offen gestanden, ganz einfach als Butterbrotpapier zu schlecht, wenn es mich nicht über gewisse Dinge aufklärte, die ich bis dahin nicht begriff, gewisse Veränderungen ... Übrigens geht Sie das nichts an und gehört nicht zur Sache. Ich bin ein tätiger Mann, ich habe Besseres zu bedenken als Ihre unaussprechlichen Visionen ...«

»Ich habe ›unauslöschliche Vision‹ geschrieben«, sagte Herr Spinell und richtete sich auf. Es war der einzige Moment dieses Auftrittes, in dem er ein wenig Würde an den Tag legte.

»Unauslöschlich ... unaussprechlich ...!« entgegnete Herr Klöterjahn und blickte ins Manuskript.

»Sie schreiben eine Hand, die miserabel ist, mein Lieber; ich möchte Sie nicht in meinem Kontor beschäftigen. Auf den ersten Blick scheint es ganz sauber, aber bei Licht besehen ist es voller Lücken und Zittrigkeiten. Aber das ist Ihre Sache und geht mich nichts an. Ich bin gekommen, um Ihnen zu sagen, daß Sie erstens ein Hanswurst sind, – nun, das ist Ihnen hoffentlich bekannt. Außerdem aber sind Sie ein großer Feigling, und auch das brauche ich Ihnen wohl nicht ausführlich zu beweisen. Meine Frau hat mir einmal geschrieben, Sie sähen den Weibspersonen, denen Sie begegnen, nicht ins Gesicht, sondern schielten nur so hin, um eine schöne Ahnung davonzutragen, aus Angst vor der Wirklichkeit. Leider hat sie später aufgehört, in ihren Briefen von Ihnen zu erzählen; sonst wüßte ich noch mehr Geschichten von Ihnen. Aber so sind Sie. ›Schönheit‹ ist Ihr drittes Wort, aber im Grunde ist es nichts als Bangebüchsigkeit und Duckmäuserei und Neid, und daher wohl auch Ihre unverschämte Bemerkung von den ›verschwiegenen Korridoren‹, die mich wahrscheinlich so recht durchbohren sollte und mir doch bloß Spaß gemacht hat. Spaß hat sie mir gemacht! Aber wissen Sie nun Bescheid? Habe ich Ihnen Ihr ... Ihr ›Tun und Wesen‹ nun ›ein wenig erhellt‹, Sie Jammermensch? Obgleich es nicht mein ›unausbleiblicher Beruf‹ ist, hö, hö! ...«

»Ich habe ›unausweichlicher Beruf‹ geschrieben«,

sagte Herr Spinell; aber er gab es gleich wieder auf. Er stand da, hilflos und abgekanzelt, wie ein großer, kläglicher, grauhaariger Schuljunge.

»Unausweichlich ... unausbleiblich ... Ein niederträchtiger Feigling sind Sie, sage ich Ihnen. Täglich sehen Sie mich bei Tische. Sie grüßen mich und lächeln, Sie reichen mir Schüsseln und lächeln, Sie wünschen mir gesegnete Mahlzeit und lächeln. Und eines Tages schicken Sie mir solch einen Wisch voll blödsinniger Injurien auf den Hals. Hö, ja, schriftlich haben Sie Mut! Und wenn es bloß dieser lachhafte Brief wäre. Aber Sie haben gegen mich intrigiert, hinter meinem Rücken gegen mich intrigiert, ich begreife es jetzt sehr wohl ... obgleich Sie sich nicht einzubilden brauchen, daß es Ihnen etwas genützt hat! Wenn Sie sich etwa der Hoffnung hingeben, meiner Frau Grillen in den Kopf gesetzt zu haben, so befinden Sie sich auf dem Holzwege, mein wertgeschätzter Herr, dazu ist sie ein zu vernünftiger Mensch! Oder wenn Sie am Ende gar glauben, daß sie mich irgendwie anders als sonst empfangen hat, mich und das Kind, als wir kamen, so setzten Sie Ihrer Abgeschmacktheit die Krone auf! Wenn sie dem Kleinen keinen Kuß gegeben hat, so geschah es aus Vorsicht, weil neuerdings die Hypothese aufgetaucht ist, daß es nicht die Luftröhre, sondern die Lunge ist, und man in diesem Falle nicht wissen kann ... obgleich es übrigens noch sehr zu beweisen ist, das mit der Lunge, und

Sie mit Ihrem ›sie stirbt, mein Herr!‹ Sie sind ein Esel!«

Hier suchte Herr Klöterjahn seine Atmung ein wenig zu regeln. Er war nun sehr in Zorn geraten, stach beständig mit dem rechten Zeigefinger in die Luft und richtete das Manuskript in seiner Linken aufs übelste zu. Sein Gesicht, zwischen dem blonden englischen Backenbart, war furchtbar rot, und seine umwölkte Stirn war von geschwollenen Adern zerrissen wie von Zornesblitzen.

»Sie hassen mich«, fuhr er fort, »und Sie würden mich verachten, wenn ich nicht der Stärkere wäre . . . Ja, das bin ich, zum Teufel, ich habe das Herz auf dem rechten Fleck, während Sie das Ihre wohl meistens in den Hosen haben, und ich würde Sie in die Pfanne hauen mitsamt Ihrem ›Geist und Wort‹, Sie hinterlistiger Idiot, wenn das nicht verboten wäre. Aber damit ist nicht gesagt, mein Lieber, daß ich mir Ihre Invektiven so ohne weiteres gefallen lasse, und wenn ich das mit dem ›ordinären Namen‹ zu Haus meinem Anwalt zeige, so wollen wir sehen, ob Sie nicht Ihr blaues Wunder erleben. Mein Name ist gut, mein Herr, und zwar durch mein Verdienst. Ob Ihnen jemand auf den Ihren auch nur einen Silbergroschen borgt, diese Frage mögen Sie mit sich selbst erörtern, Sie hergelaufener Bummler! Gegen Sie muß man gesetzlich vorgehen! Sie sind gemeingefährlich! Sie machen die Leute verrückt! . . . Obgleich Sie sich nicht einzubilden brauchen, daß es Ihnen diesmal gelungen ist, Sie heimtückischer Patron! Von Individuen, wie Sie eins sind, lasse ich mich denn doch nicht aus dem Felde schlagen. Ich habe das Herz auf dem rechten Fleck ...«

Herr Klöterjahn war nun wirklich äußerst erregt. Er schrie und sagte wiederholt, daß er das Herz auf dem rechten Flecke habe.

»›Sie sangen.‹ Punkt. Sie sangen gar nicht! Sie strickten. Außerdem sprachen sie, soviel ich verstanden habe, von einem Rezept für Kartoffelpuffer, und wenn ich das mit dem ›Verfall‹ und der ›Auflösung‹ meinem Schwiegervater sage, so belangt er Sie gleichfalls von Rechts wegen, da können Sie sicher sein! ... ›Sahen Sie das Bild, sahen Sie es?‹ Natürlich sah ich es, aber ich begreife nicht, warum ich deshalb den Atem anhalten und davonlaufen sollte. Ich schiele den Weibern nicht am Gesicht vorbei, ich sehe sie mir an, und wenn sie mir gefallen, und wenn sie mich wollen, so nehme ich sie mir. Ich habe das Herz auf dem rechten Fl ...«

Es pochte. – Es pochte gleich neun- oder zehnmal ganz rasch hintereinander an die Stubentür, ein kleiner, heftiger, ängstlicher Wirbel, der Herrn Klöterjahn verstummen machte, und eine Stimme, die gar keinen Halt hatte, sondern von Bedrängnis fortwährend aus den Fugen ging, sagte in größter Hast:

»Herr Klöterjahn, Herr Klöterjahn, ach, ist Herr Klöterjahn da?«
»Draußen bleiben«, sagte Herr Klöterjahn unwirsch ... »Was ist? Ich habe hier zu reden.«
»Herr Klöterjahn«, sagte die schwankende und sich brechende Stimme, »Sie müssen kommen ... auch die Ärzte sind da ... oh, es ist so entsetzlich traurig ...«
Da war er mit einem Schritt an der Tür und riß sie auf. Die Rätin Spatz stand draußen. Sie hielt ihr Schnupftuch vor den Mund, und große, längliche Tränen rollten paarweise in dieses Tuch hinein.
»Herr Klöterjahn«, brachte sie hervor ..., »es ist so entsetzlich traurig ... Sie hat so viel Blut aufgebracht, so fürchterlich viel ... Sie saß ganz ruhig im Bette und summte ein Stückchen Musik vor sich hin, und da kam es, lieber Gott, so übermäßig viel ...«
»Ist sie tot?« schrie Herr Klöterjahn ... Dabei packte er die Rätin am Oberarm und zog sie auf der Schwelle hin und her. »Nein, nicht ganz, wie; Noch nicht ganz, sie kann mich noch sehen ... Hat sie wieder ein bißchen Blut aufgebracht? Aus der Lunge, wie? Ich gebe zu, daß es vielleicht aus der Lunge kommt ... Gabriele!« sagte er plötzlich, indem die Augen ihm übergingen, und man sah, wie ein warmes, gutes, menschliches und redliches Gefühl in ihm hervorbrach. »Ja, ich komme!« sagte er, und mit langen Schritten schleppte er die Rätin aus

dem Zimmer hinaus und über den Korridor davon. Von einem entlegenen Teile des Wandelganges her vernahm man noch immer sein rasch sich entfernendes »Nicht ganz, wie? ... Aus der Lunge, was? ...«

XII

Herr Spinell stand auf dem Fleck, wo er während Herrn Klöterjahns so jäh unterbrochener Visite gestanden hatte, und blickte auf die offene Tür. Endlich tat er ein paar Schritte vorwärts und horchte ins Weite. Aber alles war still, und so schloß er die Tür und kehrte ins Zimmer zurück.

Eine Weile betrachtete er sich im Spiegel. Hierauf ging er zum Schreibtisch, holte ein kleines Flakon und ein Gläschen aus einem Fache hervor und nahm einen Kognak zu sich, was kein Mensch ihm verdenken konnte. Dann streckte er sich auf dem Sofa aus und schloß die Augen.

Die obere Klappe des Fensters stand offen. Draußen im Garten von ›Einfried‹ zwitscherten die Vögel, und in diesen kleinen, zarten und kecken Lauten lag fein und durchdringend der ganze Frühling ausgedrückt. Einmal sagte Herr Spinell leise vor sich hin: »Unausbleiblicher Beruf ...« Dann bewegte er den Kopf hin und her und zog die Luft durch die Zähne ein wie bei einem heftigen Nervenschmerz.

Es war unmöglich, zur Ruhe und Sammlung zu gelangen. Man ist nicht geschaffen für so plumpe Erlebnisse wie dieses da! – Durch einen seelischen Vorgang, dessen Analyse zu weit führen würde, gelangte Herr Spinell zu dem Entschlusse, sich zu erheben und sich ein wenig Bewegung zu machen, sich ein wenig im Freien zu ergehen. So nahm er den Hut und verließ das Zimmer.

Als er aus dem Hause trat und die milde, würzige Luft ihn umfing, wandte er das Haupt und ließ seine Augen langsam an dem Gebäude empor bis zu einem der Fenster gleiten, einem verhängten Fenster, an dem sein Blick eine Weile ernst, fest und dunkel haftete. Dann legte er die Hände auf den Rücken und schritt über die Kieswege dahin. Er schritt in tiefem Sinnen.

Noch waren die Beete mit Matten bedeckt, und Bäume und Sträucher waren noch nackt; aber der Schnee war fort, und die Wege zeigten nur hier und da noch feuchte Spuren. Der weite Garten mit seinen Grotten, Laubengängen und kleinen Pavillons lag in prächtig farbiger Nachmittagsbeleuchtung, mit kräftigen Schatten und sattem, goldigem Licht, und das dunkle Geäst der Bäume stand scharf und zart gegliedert gegen den hellen Himmel.

Es war um die Stunde, da die Sonne Gestalt annimmt, da die formlose Lichtmasse zur sichtbar sinkenden Scheibe wird, deren sattere, mildere Glut das Auge duldet. Herr Spinell sah die Sonne nicht;

sein Weg führte ihn so, daß sie ihm verdeckt und verborgen war. Er ging gesenkten Hauptes und summte ein Stückchen Musik vor sich hin, ein kurzes Gebild, eine bang und klagend aufwärtssteigende Figur, das Sehnsuchtsmotiv ... Plötzlich aber, mit einem Ruck, einem kurzen, krampfhaften Aufatmen, blieb er gefesselt stehen, und unter heftig zusammengezogenen Brauen starrten seine erweiterten Augen mit dem Ausdruck entsetzter Abwehr geradeaus ...

Der Weg wandte sich; er führte der sinkenden Sonne entgegen. Durchzogen von zwei schmalen, erleuchteten Wolkenstreifen mit vergoldeten Rändern stand sie groß und schräge am Himmel, setzte die Wipfel der Bäume in Glut und goß ihren gelbrötlichen Glanz über den Garten hin. Und inmitten dieser goldigen Verklärung, die gewaltige Gloriole der Sonnenscheibe zu Häupten, stand hochaufgerichtet im Wege eine üppige, ganz in Rot, Gold und Schottisch gekleidete Person, die ihre Rechte in die schwellende Hüfte stemmte und mit der Linken ein grazil geformtes Wägelchen leicht vor sich hin und her bewegte. In diesem Wägelchen aber saß das Kind, saß Anton Klöterjahn der Jüngere, saß Gabriele Eckhofs dicker Sohn!

Er saß, bekleidet mit einer weißen Flausjacke und einem großen weißen Hut, pausbäckig, prächtig und wohlgeraten in den Kissen, und sein Blick begegnete lustig und unbeirrbar demjenigen Herrn

Spinells. Der Romancier war im Begriffe, sich aufzuraffen, er war ein Mann, er hätte die Kraft besessen, an dieser unerwarteten, in Glanz getauchten Erscheinung vorüberzuschreiten und seinen Spaziergang fortzusetzen. Da aber geschah das Gräßliche, daß Anton Klöterjahn zu lachen und zu jubeln begann, er kreischte vor unerklärlicher Lust, es konnte einem unheimlich zu Sinne werden.

Gott weiß, was ihn anfocht, ob die schwarze Gestalt ihm gegenüber ihn in diese wilde Heiterkeit versetzte oder was für ein Anfall von animalischem Wohlbefinden ihn packte. Er hielt in der einen Hand einen knöchernen Beißring und in der anderen eine blecherne Klapperbüchse. Diese beiden Gegenstände reckte er jauchzend in den Sonnenschein empor, schüttelte sie und schlug sie zusammen, als wollte er jemanden spottend verscheuchen. Seine Augen waren beinahe geschlossen vor Vergnügen, und sein Mund war so klaffend aufgerissen, daß man seinen ganzen rosigen Gaumen sah. Er warf sogar seinen Kopf hin und her, indes er jauchzte.

Da machte Herr Spinell kehrt und ging von dannen. Er ging, gefolgt von dem Jubilieren des kleinen Klöterjahn, mit einer gewissen behutsamen und steif-graziösen Armhaltung über den Kies, mit den gewaltsam zögernden Schritten jemandes, der verbergen will, daß er innerlich davonläuft.

NACHWORT

Wer heute, gut ein Dreivierteljahrhundert nach ihrer Niederschrift, die frühesten Erzählungen von Thomas Mann liest, der wird womöglich mehr als über ihre Themen über ihren Ton und ihre Machart staunen. Wie –, ein junger Mann Anfang und Mitte zwanzig sollte diese gelassene, gestochene Prosa geschrieben haben? Ihr fehlt so offensichtlich alles, was man von Jugendwürfen gemeinhin erwartet, der wütend hingesetzte neue Stoff und Gestus, die protestierende Haltung, jede Übersteigerung oder Unsicherheit der Gebärden. Stattdessen herrscht da eine Stimmung von Souveränität, Heiterkeit, Resignation, eine leger entspannte Haltung. Klug und zart werden alle Motive und Mittel verwaltet. Eigentlich die reine Altherrenmanier. Aber nicht nur solche kurzen Erzählungen, auch die epische Marathonstrecke der ›Buddenbrooks‹ hat dieser beängstigend Frühreife mit ähnlicher Lässigkeit hinter sich gebracht. Als er im Sommer 1900 die letzte Zeile des Romans zu Papier brachte, war er gerade fünfundzwanzig geworden.

So erstaunlich uns das heute vorkommen mag –, die Zeitgenossen damals scheinen sich über diesen neuen, sehr jungen, aber durchaus unjugendlichen Autor so sehr nicht gewundert zu haben. Schon in den Rezensionen des ersten Buchs, der Novellensammlung ›Der kleine Herr Friedemann‹ von 1898, ist zwar die Rede von der »gravitätischen Deutlichkeit« dieses Erzählers, von »ungemein sauber gearbeiteten, feingetönten, stimmungsvollen Studien«, von »Kabinettstücken psychologischer Feinmalerei«, für die man sich als Motto Shakespeares »Reif sein ist alles« wünschte –, doch all dies setzt für die Rezensenten offenbar keinen alarmierenden Widerspruch zur Jugend dieses Debütanten. Woraus schon zu entnehmen ist, daß diese Allüre der Abgeklärtheit damals durchaus zeitgemäß war. »Impassibilité« hieß das literarische Schlagwort, das aus dem Frankreich Flauberts herübergekommen und auch auf die literarische Szene des deutschen fin de siècle abgefärbt hatte. Und doch könnte diese Ungerührtheit eines Schriftstellers Anfang zwanzig eine Maske sein, könnte etwas verbergen.

Dieser Thomas Mann, so ist seitdem immer wieder behauptet worden, bewundernd oder vorwurfsvoll, sei weder als Mensch noch als Autor jung gewesen. Wie richtig das klingt und wie unwahr das ist, hat niemand peinlicher empfunden als der Betroffene selbst. Als Bruder Heinrich 1915 am Anfang seines Zola-Essays den Satz hinschreibt: »Sache derer, die früh vertrocknen sollen, ist es, schon zu Anfang ihrer Zwanzigerjahre bewußt und weltgerecht hinzutreten« –, da reagiert Thomas mit einer Verletztheit, ja Unversöhnlichkeit, die mehr als alle ideologischen Weltkriegs-Differenzen den nun ausbrechenden Bruderzwist im Hause Mann erklärt. Dieser Satz war ein Schlag auf eine gut verborgene, nie ganz geheilte Wunde. Jahrelang hat der jüngere Bruder an dem Schmerz gearbeitet. Die Frage, was sich denn hinter seiner frühen »Bewußtheit« und »Weltgerechtheit« verstecken mag, wird uns nun eine Weile beschäftigen.

Repräsentativ sind die drei hier zusammengerückten Novellen aus Thomas Manns ersten Schreibjahren, und das schon aus äußerlichen Gründen:
›Der Wille zum Glück‹ (geschrieben Ende 1895) war der erste Prosaversuch, der Manns späterem Urteil standhielt, den er im Unterschied zu anderen frühen Arbeiten in seine Erzählungssammlungen aufnahm.
›Der kleine Herr Friedemann‹ (entstanden im Sommer 1896) war dann der erste Text, den der Autor dem Fischer-Verlag anbot, damit der äußere Anlaß für die Niederschrift der ›Buddenbrooks‹, außerdem das Titelstück der ersten Buchpublikation.
›Tristan‹ schließlich (fertiggeworden Mitte 1901), ein Satyrspiel und eine Entlastungsübung nach den ›Buddenbrooks‹, hat der zweiten Novellensammlung den Titel geliefert.
Aber natürlich gehören diese drei Geschichten auch

innerlich zusammen. Es sind – und zunächst mag das Wort erstaunen – erotische Erzählungen. Das vergißt man fast, während man sie liest, so leicht und kühl halten Eleganz und Vorsicht des Vortrags das Thema. Außerdem: nicht Reize interessieren diesen Autor, sondern nur die Psychologie der Reaktionen auf Reize. Und schließlich: zur Pointe einer erotischen Beziehung wird hier dreimal das Pathos ihrer Unerfüllbarkeit, der Unerreichbarkeit der begehrten, angeschwärmten, angebeteten Personen. Überspitzt gesagt: als erotisch gilt hier überhaupt nur, was sich entzieht.

Diese wahrhaft romantische These allerdings hat der Erzähler für jede Geschichte realistisch und jeweils anders begründet. In ›Der Wille zum Glück‹ ist es eine Krankheit zum Tode, die den Bräutigam »beinahe in der Hochzeitsnacht« sterben läßt, während Friedemann als Krüppel und Spinell als Künstler und Décadent für sozusagen ernsthafte Beziehungen zu Frau von Rinnlingen oder Gabriele Klöterjahn geb. Eckhof gar nicht »in Frage« kommen. Doch daß einer moribund ist oder mit einem Buckel leben muß oder nur in Formulierungen leben kann –, das sind Zeichen des gleichen Zustands. In tödliche erotische Phantasien kann sich nur hineinsteigern, so wird hier behauptet, wer sich von aller normalen Lebenspraxis längst entfernt hat.

Auch dieses tödliche Ende steuern alle drei Geschichten an, und dafür werden, zart und verschlagen, längst vor dem Ende Signale in den Text gesetzt. Denn natürlich erklärt Paolo Hofmann dem Erzähler seinen »Willen zum Glück« nicht zufällig auf der Via Appia Antica, und der »entzückende Blick auf die sonnige Campagna« kann nicht darüber hinwegtäuschen, daß diese Straße eine Gräber-, eine Friedhofsstraße, ein Todesort ist. Noch verschwiegener werden in den anderen beiden Erzählungen die Todesorte frühzeitig eingeführt, der reale, der Fluß im ›Kleinen Herr Friedemann‹ und der symbolische, das Piano des Sanatoriums Einfried in ›Tristan‹. Diskret und planvoll laufen diese Geschichten ab, wie Rituale, wie Wiederholungen längst erfundener Zeremonien. Und tatsächlich: vom Eros, der auf den Tod hinauswill, hat im ganzen 19. Jahrhundert die Schwarze Romantik erzählt. Diese Kühnheiten waren nicht mehr zu entdecken. Sie mußten nur noch nachvollzogen werden.

Wer die drei Geschichten in solcher Vogelperspektive überfliegt, der kann sie also schnell und patent als ein Schlußkapitelchen spätabendländischer Geistesgeschichte abtun und abheften, als Mischung aus Schwarzer Romantik und einer an Nietzsche geschulten Dekadenzpsychologie, aus Ekstase, Schwulst und Genauigkeit, als Wagner dividiert durch Flaubert. Erklärt schiene damit auch, warum dieser Anfänger so erstaunlich oder schrecklich sicher erzählt: er inszeniert ja nur längst eingeführte

Repertoirethemen. Doch es lohnt sich, über solche generalstabsmäßigen Befunde hinweg, etwas näher an die Geschichten heranzutreten und an ihrer brillanten, schönen Politur zu kratzen.

- Das Gesicht ließ mit seinen vollen und feuchten Lippen, der fleischigen Nase und den mandelförmigen, schwarzen Augen, über denen sich dunkle und weiche Brauen wölbten, nicht den geringsten Zweifel aufkommen über ihre wenigstens zum Teil semitische Abstammung, war aber [!] von ganz ungewöhnlicher Schönheit.
- Die Hautfarbe ihres ovalen Gesichts war mattweiß, und in den Winkeln ihrer ungewöhnlich nahe beieinander liegenden braunen Augen lagerten bläuliche Schatten.
- Ihr lichtbraunes Haar, tief im Nacken zu einem Knoten zusammengefaßt, war glatt zurückgestrichen, und nur in der Nähe der rechten Schläfe fiel eine krause, lose Locke in die Stirn, unfern der Stelle, wo über der markant gezeichneten Braue ein kleines, seltsames Äderchen sich blaßblau und kränklich in der Klarheit und Makellosigkeit dieser wie durchsichtigen Stirn verzweigte.

Mit solchen Schönschriftporträts stellt Thomas Mann Frauen als erotische Objekte in seine Geschichten, als Bildidole, ohne klar erkennbares Eigenleben, den Anblicken der Männer hingehalten. Friedemann, als er Gerda von Rinnlingen zum ersten Mal in ihrem Jagdwagen vorbeifahren sieht, schlägt sofort geistesabwesend die Augen nieder. Spinell, der eben der im Sanatorium neu angekommenen Frau Klöterjahn begegnet ist, »verfärbt« sich und bleibt »wie angewurzelt« stehen. Das erotische Bild, die Frau als bloße Erscheinung genügt schon, um sofort zu verzücken und zu erschrecken. Wie Beleuchtungskörper hängen solche sich selbst entfremdeten Frauenwesen in den Erzählungen. Ausstrahlung ist ihr Geschäft. Licht sollen sie werfen, Licht auf die männlichen Passionen, die sie entfesseln.

Aber nicht nur Frauen werden hier bildhaft festgehalten, wirken wie gemalt und erinnern an das München, in dem sie entstanden sind, an die Society-Maler Lenbach und Stuck, an die ›Jugend‹ und den ›Simplicissimus‹. Einen Zug zur Salonmalerei, zum gepflegten Genrebild verraten viele der erzählten Szenen. Im Salon des Baron Stein spürt man noch Plüsch und Schwulst, die falsche Renaissance der Gründerjahre. Leichter, impressionistisch sind dann die Gesellschaftsbilder der Friedemann-Geschichte gehalten. ›Tristan‹ wiederum liest sich wie eine Serie von Jugendstilpastellen, alle auf der undeutlichen Grenze zwischen Elegie und Karikatur balancierend.

Uns, heute scheinen diese Ansichten der Jahrhundertwendegesellschaft, in ihrer Dezenz und Kühle, wie gefrorenes Leben. Das feine Arrangement der

Gegenstände und Menschen ist in solchen Genrebildern ja fast sichtbarer als die Menschen und Gegenstände selbst. Ohne Konvention, ohne ein stillschweigendes Einverständnis zwischen Maler und Gemaltem, zwischen Autor und Publikum wäre solche Salonmalerei nicht denkbar. Erklärt sich damit vielleicht dieses sofort verfügbare, stille, seriöse, elegante Können des jungen Thomas Mann? Sollte seine Geschmackssicherheit tatsächlich nicht mehr sein als Geschmacksrücksicht, auf jene Gesellschaftskreise nämlich, aus denen, für die und über die er schreibt?

Wie elitär, nämlich eher groß- als nur gutbürgerlich, die soziale Höhenlage dieser Erzählungen ist, das wollen sie ja gar nicht verbergen. Ihre Helden (die natürlich keine sind) leben nahezu berufslos als Außenseiter am oberen Rand der Gesellschaft, offenbar vom Kapital robusterer Väter, Rentiers schon in jungen Jahren. In diesem Klima jenseits materieller Interessen kann ein Interesse für Höheres frei wuchern.

Man ist also Bürger und gehört doch nicht mehr ganz dazu. Von solchen Menschen, ausgehalten und haltlos, hat Thomas Mann damals mit Vorliebe erzählt. Dekadenz ist das geläufige Stichwort für ihre Lage, aber in unseren drei Geschichten taucht das Wort nur einmal auf, im ›Willen zum Glück‹, und dort in einem ungeläufigen Sinn, als es nämlich heißt, der Baron Stein sei im Börsengeschäft »in

Décadence« geraten. Genau das, wie nämlich die ordinäre, die häßliche Dekadenz der Geschäfte eine höhere, die schöne Dekadenz im Kopf erst auslöst –, das wollte Thomas Mann seit den ›Buddenbrooks‹ erzählerisch beweisen: »Ein altes Geschlecht, zu müde bereits und zu edel zur Tat und zum Leben, steht am Ende seiner Tage, und seine letzten Äußerungen sind Laute der Kunst«, so hört sich diese Gleichung in den Worten Spinells an, etwas zu wohllautend schon, zu vollmundig, fast unfreiwillig komisch. So ungeschützt wie sein Schriftsteller-Stellvertreter im ›Tristan‹ wollte der fünfundzwanzigjährige Autor sein Pathos eben nicht aufrauschen lassen.

Zwar, von Dekadenz, Endzeit-Schönheit, tödlicher Erotik will er erzählen, aber diese Untergangs-Themen werden im Medium einer Sprache des zarten, guten Geschmacks fast neutralisiert. Nur im ›Willen zum Glück‹ wird eine pathetische Geschichte noch mit ungebrochenem Ernst vorgetragen. Schon im ›Kleinen Herrn Friedemann‹ glätten dann beschwichtigende, beschönigende Redeweisen allen Schrecken. Als »nicht schön« wird gleich am Anfang der kleine Krüppel beschrieben, um dann doch, nach viel Wort- und Kunstaufwand, »beinahe schön« genannt zu werden. Nur in den Turnstunden sei er »manchmal ein wenig traurig«.

Manchmal ein wenig –, es ist dieser Tantenton aus geschürztem Mund, dieses patente Verdrängungsgerede, das der Autor des ›Tristan‹ in voller Plauderseligkeit sich entfalten läßt, um die heikle Wagner-Dekadenz-Tuberkulose-Mischung dieser Geschichte ja zu entschärfen und auch die eigentlich ekstatischen Szenen immer in der Nähe einer Simplicissimus-Karikatur zu schreiben. So hingebungsvoll wird von Frau Klöterjahns Krankheit behauptet, »nicht die Lunge«, vielmehr »nur die Luftröhre« sei angegriffen, daß sich ihr tödliches Leiden damit nur erst recht bestätigt. Bis in solche Einzeltöne hält sich Thomas Mann an die Konventionen der besseren Kreise, an eine auf Dämpfung, Geistesgegenwart, Ablenkung, auf das plaudernde Unterlaufen alles Ernsten abgestellte Salonkonversation. Natürlich: er macht solche Töne und Haltungen nur nach, er benutzt, er parodiert und blamiert sie. Aber auch seine Erzählungen erreichen damit, was im Salon als Vorschrift feiner Lebensart gilt, daß nämlich nichts »peinlich« wird.

Ob in seinen Frauenporträts und den sorgfältig arrangierten Genreszenen, im Konversationston oder im gewählten Gesellschaftsausschnitt –, immer orientiert sich dieser junge Erzähler also an den Gewohnheiten seines möglichen Publikums. Ironie müssen sich die Regeln, die er befolgt, zwar gefallen lassen –, doch: er befolgt sie. Wenn das, wie Heinrich Mann 1915 sagt, alles sehr »weltgerecht« aussieht, so müssen wir uns »Welt« hier sicher als

»monde« vorstellen, als Bannkreis der guten und besten Gesellschaft. Wiederholen, verschärfen wir ruhig unsere noch unbeantwortete Frage: Wollte dieser bemerkenswert Frühreife sich etwa nur durch eine glatte, gefällige Arbeitsqualität empfehlen, war er auf eine Karriere als schreibender Salonmaler aus?

Um die forsche Frage gerecht zu beantworten, muß nun ein Blick auch hinter die Kulissen geworfen werden, genauer: hinter die gediegene Fassade der Werke, die Thomas Mann früh vor seiner Person errichtet hat. Erst seit seine Briefe an den Schul- und Jugendfreund Otto Grautoff veröffentlicht wurden, ahnen wir etwas genauer, was seine Erzählungen alles verbargen, indem sie es, in aller Vorsicht, zur Sprache brachten. Denn nur in diesen Briefen hat er gebeichtet, was er in anderen schriftlichen Äußerungen umgeht oder ins Unkenntliche hochsublimiert: den sexuellen Triebdruck, unter dem der junge, kühle Hanseat noch in seinen Schwabinger und römischen Zimmerherrjahren stand.

»Was die Liebe betrifft«, so schreibt der Zwanzigjährige an den Pennälerfreund in Lübeck, »so hast Du nicht nötig, den Unterleib so ganz und gar zu verachten ... Im Unterleib liegt doch eine ganze Menge Poesie, man muß ihn nur hübsch mit Gemüt und Stimmung umwickeln.« Und dann weiter: »Ich habe mich in letzter Zeit nahezu zum Asketen entwickelt. Ich schwärme, in meinen schönen Stunden, für rein ästhetische Sinnlichkeit ... Ich sage, trennen wir den Unterleib von der Liebe! Und so weiter.« In einem anderen, späteren Brief erhält Freund Grautoff sogar hygienische Ratschläge für das »Ausrotten«, ein »langsames, behutsames Schwächen und Abdorrenlassen des Triebes, wobei alle möglichen intellectuellen Kunstgriffe mithelfen.« Man müsse »die Hände im Souterrain an die Kette bringen.« Oder, diesmal ein Geständnis in Moll: »Woran leide ich? An der Geschlechtlichkeit ... wird sie mich denn zu Grunde richten? ... Ach, sie ist das *Gift*, das in aller Schönheit lauert ... Wie komme ich von der Geschlechtlichkeit los? Durch Reisessen?«

Wieder dieses burschikose Wegwischen der Peinlichkeiten, des treuherzigen Pathos. Aber klar ist, daß er nicht durch Reisessen dem »Souterrain« entkommen ist, sondern: durch das Schreiben von erotischen Erzählungen. Denn nach solchen Geständnissen leuchtet ein, warum dieser junge Autor so anziehende und doch unerreichbare Frauenbilder entwerfen konnte und mußte, diese Sphinx- oder Hexenwesen, die anlocken, nur um zu vernichten, warum er in immer neuen Variationen Männerfiguren erfand, die für geschlechtliche Beziehungen sozusagen von Natur aus nicht in Frage kommen, einen Moribunden, einen Verwachsenen oder den

»verwesten Säugling« Spinell. Nun habe er sie endlich gefunden, schreibt er triumphierend an Grautoff über seine frühen Erzählungen, die »diskreten Formen und Masken, in denen ich mit meinen Erlebnissen unter die Leute gehen kann.«
Diskretion und Maske, Form als Mittel des Sich-Verbergens und der Selbstbeherrschung, während die »Hunde im Souterrain«, zwar an der Kette, doch immer noch bellen: dieser scheinbar so frühreife, gleich bei seinen ersten Auftritten so kunstfertige Erzähler war in Wahrheit mit sich und seinen Erfahrungen alles andere als fertig. Daher diese Anpassung an Salonkunst, an die legeren Redeweisen des savoir-vivre, daher die leichte, elegante Inszenierung gerade heikler Vorgänge, diese ganze »bewußte und weltgerechte« Allüre. Was aussehen könnte wie karrierebewußter Handwerksglanz war eher ein sorgfältiges Arrangement von Schutzmaßnahmen. Sich bei irgend einer Unsicherheit erwischen zu lassen, diese Blamage glaubte er sich nicht leisten zu können.
Weltfremdheit also wollte sich schützen hinter einer Fassade von Weltgerechtheit. »Entwöhnt von aller Realität«, nennt er sich, der souveräne Autor der ›Buddenbrooks‹, in einem anderen Grautoff-Brief, und das will mehr heißen als nur entwöhnt von »normalen« Beziehungen zum anderen und eigenen Geschlecht. Auch als Erbe und Kapitalverzehrer, als Jungrentier und Exklusivliterat war er, genau

wie seine Stellvertreter in den Erzählungen, eine Rand-, fast eine Abfallfigur der Bourgeoisie, ökonomisch wie intellektuell noch an sie gebunden, doch von ihrer Lebenspraxis längst abgeschnitten. Von diesem spätbürgerlichen Widerspruch, zwischen einem »Pathos der Distanz« zur eigenen Klasse (diese Nietzsche-Formel wird in »Der Wille zum Glück« benutzt) und dem Bedürfnis nach Zugehörigkeit, wird er von nun an ein Leben lang erzählen.

»Ich sehe allem zu, still, nachdenklich und ein wenig müde vor Einsamkeit«, so schreibt er mit einundzwanzig aus Neapel, und ähnlich hatte er kurz vorher die Zuschauerposition des kleinen Herrn Friedemann beschrieben, der sich seinen Lebensverzicht zum Seelenfrieden verklärt, der das Problem »Geschlechtlichkeit« mit dem ganz ins Nette zusammengekrümmten understatement abzufertigen hofft: »Ich will mich niemals wieder um dies alles kümmern.« Solche Sätze, solche Figuren wie der sanfte, eingeschüchterte, tapfer verdrängende Bucklige –, das waren die »diskreten Formen und Masken«, in denen man sich zeigen und gerade damit verbergen konnte, die »novellistischen, öffentlich-fähigen Formen und Masken«, in denen er sich »künstlerisch auszuleben« (auszuleben!) hoffte.

»Öffentlichkeitsfähig« und vor allem: erfolgsträchtig wäre Thomas Manns Erzähl- und Überlebenskunst kaum geworden, hätte sie in aller Diskretion nicht mehr verraten als nur die Not einer späten, unaufgelösten Pubertät. Seine »Entwöhnung von aller Realität« war eben unendlich mehr als nur ein bedauerlicher Privatfall. Sie »hatte es in sich«, wie er später gern von so repräsentativen Abnormitäten sagte. Mit ihr konnte die ganze bürgerliche Gefühls- und Weltschmerzlage um 1900 zur Sprache gebracht werden, und schon in seinen ersten Novellen versteht es Thomas Mann, seine Außenseiterposition sacht ins Zentrum zu rücken, seinen Fall und seine Geschichten aufzuladen mit lauter damals aktuellen Thesen und Themen, hergeliehen von Nietzsche und Ibsen, von Schopenhauer, Wagner, Wedekind, Maupassant oder Paul Bourget, mit den Themen der Lebenslüge oder des tödlichen Eros, mit dem Pathos des Fatalismus, des Durchhaltens oder der Distanz, mit einer Problematisierung der Begriffe Gesundheit oder Schönheit, mit der Figur der belle dame sans merci oder des sanft ahumanen Schöngeistes, mit ..., mit ... –, nein, Vollständigkeit könnte hier niemand erreichen.

Dieser Kopf war von früh an medial begabt, durchlässig für »Zeitgeist«, doch dessen erzählerische Verarbeitung, die in seinen späteren Romanen in eine manchmal herrliche, oft auch schmerzhafte Redseligkeit ausufert, auch sie geschieht in den ersten Erzählungen noch »diskret«. Von Schopenhauer ist ausdrücklich nicht die Rede, wenn der kleine Herr Friedemann sich im idyllischen Gärtchen seine Bescheidungs- und Nirwana-Philosophie zurechtlegt, einen Schopenhauer wie aus dem Nähkästchen. Und wenn im ›Tristan‹ dann doch eine wortreiche Wagner-Exegese und -Ekstase ausbricht, so hält der groteske Rahmen diesen Bildungs- und Begeisterungsschub hübsch unter Kontrolle. Vorsicht und Geschmack auch hier. Peinlich können im bürgerlichen Salon ja auch Ekzesse in Bildung und Begeisterung werden.

Die drei Erzählungen lassen also erkennen, wie weit es der Novellist Thomas Mann innerhalb von fünf Jahren in der Kunst des ausdrucksvollen Verschweigens, der immer glänzenderen Maskierung seines Falls gebracht hat. Sehr direkt, fast treuherzig wird im ›Willen zum Glück‹ die Fabel vorgetragen, ja, Argumentation und Erzählung finden hier noch kaum zusammen. Diese heroische Variante seiner »Entwöhnung von aller Realität« wird Thomas Mann später im ›Tod in Venedig‹ und ›Doktor Faustus‹ wieder aufnehmen.

Erst im ›Kleinen Herrn Friedemann‹ sind die gesuchten Masken endlich gefunden. Nicht nur, weil die eigene verschleppte Pubertät als Geschichte eines zarten Krüppels bekannt und versteckt werden kann, sondern auch, weil die Sehnsucht nach »Frau« und die Verachtung von »Weib« sich in einer einzigen Figur, in der zweideutigen, leidenden und quälenden Gerda von Rinnlingen personifziert (ihre beiden Embleme: durchsichtige Haut und Pferdepeitsche!). So entsteht die elegische Variante der Weltfremdheits-Fabel, entlastet von allem Bekenntnisernst, im Pathos gedämpft, fast graziös, schon mit einigen komischen Oberstimmen versehen.

Im ›Tristan‹ riskiert der Erzähler schließlich den vollen Kontrast, zieht komische und pathetische Register gegeneinander, setzt also auf Dissonanzen, auf groteske Wirkungen. Zur schon geläufigen Dreiheit von Krankheit, Eros, Tod tritt nun als viertes Motiv einer »Entwöhnung von aller Realität«: die Kunst, vertreten mit Punkt und Kontrapunkt durch Wagners Musik und Spinells Schriftstellerei, als große Weltflucht also und als kleinlicher Racheakt an der bürgerlichen Normalität.

Diese ›Tristan‹-Geschichte überschreitet gerade durch ihren dissonanten Humor den Bannkreis des Gediegenen, der feinen Seriosität, in dem sich Thomas Manns vorsichtige Kunst bis dahin mit Vorliebe bewegt hat. Sie wird auch von keiner Frau mehr beherrscht, die dem Leitbild der sexuellen Sphinx nachgemalt ist. Gabriele Klöterjahn, sehr hold und etwas dümmlich, strahlt keine Gefahr mehr aus. Im Gegenteil: sie selbst ist gefährdet, tödlich gefährdet, während das Männchen diesmal den Konflikt der Geschlechter überlebt. Aber wie! Die letzte Szene zeigt Spinell auf der Flucht vor Klöterjahn jr., einem triumphal quäkenden Säugling.

Vor einer Gabriele Klöterjahn war Angst nicht mehr nötig, gegenüber einem Spinell Pathos nicht mehr angebracht: schon das erklärt, warum die Erzählung an Freiheit gewinnt, an Vorsicht verliert. Plötzlich wagt es der Autor sogar, sich in Spinell eine Karikatur mit den Zügen eines Spiegelbildes vorzuhalten. Denn nicht nur Spinells »kleine, sorgfältig gemalte und überaus reinliche Handschrift«, von der dann später Klöterjahn sagt: »Auf den ersten Blick ganz sauber, aber bei Licht besehen voller Lücken und Zittrigkeiten«, nicht nur diese Handschrift erinnert an die Thomas Manns. Selbst Spinells literarisches Programm wird, elegischer formuliert, im ›Tonio Kröger‹ bekenntnishaft wiederholt werden. Und wenn der Autor die Niederschrift des Briefes an Klöterjahn schildert, diese »jämmerlich langsame«, übersorgfältige Produktion eines Schriftstücks, das dann doch »den Eindruck der Glätte und Lebhaftigkeit erweckte«, so hat er damit ganz ohne Zweifel auch seine eigene Produktionsweise, seine eigenen frühen Produkte gemeint und genau das, was uns heute an ihnen befremdet. »Schriftlich haben Sie Mut!« brüllt Klöterjahn den eingeschüchterten Spinell an. Wieviel Angst und Vorsicht im schriftlichen »Mut« des jungen Thomas Mann sich versteckt, das sollte nun, hoffe ich, klar geworden sein.

Folgenreich allerdings, fruchtbar war dieser Mut. Thema für Thema, Figur auf Figur, Szene nach Szene ließe sich an diesen drei Erzählungen vorrechnen, wie das immer gleiche Material in einem Schreibleben von weiteren zwei, vier, fünf Jahrzehnten immer neu bearbeitet, durchvariiert, scheinbar aufgebraucht, wieder aufgenommen, wieder erledigt, wieder wiedererweckt wurde. Das letzte Erzählstück, das der fast Achtzigjährige abschließt, die Novelle ›Die Betrogene‹, behandelt noch einmal das Thema des Zwanzigjährigen und könnte durchaus den Titel ›Der Wille zum Glück‹ tragen. Ein rundes Leben, ein geglücktes, kaum ein glückliches, meisterhaft durchgeführt und abgerundet, wie schon die ersten Erzählungen.
Wie nah oder wie fern ihm diese Geschichten sind, ob sie aus Großväter- oder schon aus Urgroßväterzeiten zu ihm herübergrüßen, das muß jeder Leser selbst erfahren und entscheiden. Nachrechnen läßt sich, daß Klöterjahn jr., der die letzten Zeilen von ›Tristan‹ so robust durchjauchzt, durchaus noch unter uns leben, daß er irgendwann in diesen Jahren als Seniorchef in Lübeck seinen Achtzigsten feiern könnte. Aber spricht das etwa schon für ungebrochene Kontinuität? Mir selbst sind diese Erzählungen, als ich sie jetzt nach langer Zeit wiederlas, fremder, historischer vorgekommen als je, vielleicht auch, weil dieser Erzähler seine Figuren selbst schon aus großer Distanz sieht, wie Überlebende

eher als wie Lebendige. Die gepflegte Müdigkeit, die von diesen Menschen ausgeht, ihre kühle Vorsicht im Umgang miteinander –, das wird viele heute eher an die Sitten ferner Zeiten und Kulturen erinnern als an uns. Neugierde also saugen diese Geschichten sicher an. Und: diese Großväter-, Urgroßväterwelt ist so aufgeschrieben, daß sie zu unverbindlicher Nostalgie kaum einlädt.

Reinhard Baumgart